LE

PARFAIT SECRÉTAIRE

DES

GRANDS HOMMES

CET OUVRAGE, ACHEVÉ D'IMPRIMER LE 26 MARS 1924 PAR PAILLART, A ABBEVILLE, A ÉTÉ TIRÉ A 1.575 EXEMPLAIRES : 15 EXEMPLAIRES NUMÉROTÉS DE I A 15, SUR JAPON ANCIEN A LA FORME ; 30 EXEMPLAIRES NUMÉROTÉS DE 16 A 45, SUR GRAND HOLLANDE ; 1.500 EXEMPLAIRES NUMÉROTÉS DE 46 A 1545, SUR VERGÉ D'ARCHES ; ET 30 EXEMPLAIRES NUMÉROTÉS DE I A XXX, HORS COMMERCE, SUR PAPIERS DIVERS

EXEMPLAIRE N°

GEORGES GIRARD

LE PARFAIT SECRÉTAIRE DES GRANDS HOMMES

OU

LES LETTRES

DE SAPHO, PLATON, VERCINGÉTORIX, CLÉOPATRE
MARIE-MADELEINE, CHARLEMAGNE, JEANNE D'ARC
ET AUTRES PERSONNAGES ILLUSTRES

MISES AU JOUR PAR VRAIN LUCAS

AVEC QUATRE FAC-SIMILÉS

PARIS
A LA CITÉ DES LIVRES
26, BOULEVARD MALESHERBES

MCMXXIV

INTRODUCTION

Je pose la question à M. Vandérem, au doyen de la Faculté des Lettres, aux Treize de l'*Intransigeant* et à Son Excellence le Ministre de l'Instruction Publique et des Beaux-Arts :

Y a-t-il un manuel scolaire, je dis *un*, où l'œuvre admirable de Vrain Lucas soit seulement citée, où même le nom de cet homme de génie soit une fois prononcé ?

Non ?

Bien.

Je le leur demande maintenant avec déférence, mais fermeté :

Qu'attendent-ils pour faire cesser ce scandale ?

Sans doute qu'on le dénonce.

Voici.

***

Vrain Lucas est né en 1818. Ce n'est pas un homme d'une illustre origine : son père était journalier à Lanneray, près Châteaudun, et tout porte à croire que lui-même abandonna de bonne heure les cours de l'école communale pour travailler la terre. Cependant il avait reçu une petite instruction, puisqu'aux environs de sa vingtième année, on le trouve clerc dans une étude d'avoué, puis commis au greffe et à la conservation des hypothèques.

Ingrates et fastidieuses besognes qui furent, en sa jeunesse, « l'autre métier » de cet écrivain né, car, après ses journées d'écritures, il fréquentait régulièrement la bibliothèque de Châteaudun et y faisait par sa curiosité et son ardeur au travail l'édification des bibliothécaires. L'un d'eux, le vénérable abbé Sonazay, lorsqu'en 1852 le jeune homme lui annonça son intention de se rendre à Paris, ne se tint pas de consigner sur le registre de prêts le souvenir de ce lecteur modèle et le fit en ces termes :

« Le laborieux M. Lucas va vivre à Paris. Il mérite réussir. Jeune homme de Lanneray formé par lui-même. »

Un goût naturel portait ce jeune homme vers l'histoire. Les ouvrages qu'il consultait le plus volontiers étaient des livres d'érudition et on avait déjà remarqué son penchant pour l'écriture jaunie des vieux grimoires, mais, poète aussi, à ses heures il versifiait et tournait également l'ode patriotique, l'élégie, l'épigramme et l'apologue rimé.

Veut-on un échantillon de son talent poétique ? Voici, entre autres, une pièce inédite écrite au bureau des hypothèques de Châteaudun en 1846 :

LES ANNONCES

(FABLE)

Par un beau jour d'été, quelques petits enfants
Avaient, pour s'amuser, lancés (sic) *des cerfs-volants.*
Un quidam en vit un au-dessus de sa tête.
« *O mon Dieu ! s'écrit-il, o mon Dieu, quelle bête !*

C'est un aigle, bien sûr, qui plane dans les airs. »
De notre homme aussitôt l'esprit est à l'envers ;
Il ne se croyait pas l'objet d'une bévue...
« Voyez donc, voyez donc ! Il tient une tortue ?
O Jésus ! Il descend ; sauvons-nous du danger,
Fuyons vite, fuyons ! » — Le vent vint à changer,
Le cerf-volant s'abat, l'homme voit sa méprise
Et tout bas en lui-même il rit de sa bêtise.

MORALE

Qu'il en est parmi vous, Messieurs les gens d'esprit,
A qui l'on pourrait bien appliquer ce récit.
Les objets vus de loin paraissent quelque chose ;
Un ouvrage annoncé souvent nous en impose :
Le lit-on avec soin, il perd tout son éclat,
Car bientôt on se dit : O mon Dieu, que c'est plat !

Vrain Lucas comprit heureusement que la poésie n'était point son fait, et amoureux de Clio, partit donc la courtiser à Paris. Il avait son plan : grâce à certains appuis auprès de l'Administrateur de la Bibliothèque impériale, se faire admettre comme officiant dans le temple de la rue de Richelieu.

Mais la première condition pour être nommé bibliothécaire était d'avoir son baccalauréat. Grosse déception : Vrain Lucas dut aussitôt renoncer à son rêve. Il ne put même pas entrer dans une librairie, malgré la recommandation d'un professeur du lycée de Chartres, M. Roux, amateur d'autographes qui le tenait en affection.

Un hasard lui fit rencontrer le directeur d'un cabinet généalogique, le cabinet Courtois-Letellier, et il parvint à se caser dans cette maison qui avait, il faut l'avouer, mauvaise réputation, passant à tort ou à raison pour avoir fabriqué nombre de pièces fausses... Peu importait à Lucas, qui, gagnant sa vie par son travail de placier, était désormais assez de loisir pour poursuivre ses études et hanter ses chères bibliothèques.

Tour à tour, Sainte-Geneviève, l'Arsenal, la Mazarine, la Bibliothèque impériale le comptèrent au nombre de leurs clients fidèles. Une sotte aventure lui arriva un jour à Sainte-Geneviève, où un surveillant le surprit, un instrument tranchant en main, à considérer de trop près les rayons du dépôt ; cette peccadille lui valut d'être expulsé sur l'heure.

Hors du temps qu'il consacrait à la lecture, il trouvait encore moyen de suivre les cours de la Sorbonne et non pas, fit remarquer plus tard son avocat, ceux de Guizot, Michelet et Cousin fort achalandés, mais les cours plus sévères de Damiron, Lenormand et Géruzez.

Resté en contact avec son pays natal, il était enfin en 1856, sur la présentation de M. Roux, nommé membre correspondant de la Société archéologique du département d'Eure-et-Loir : c'était la gloire !

Elle ne lui tourna pas la tête, il ne semble même avoir jamais rien communiqué à la Société et si, en 1865, il s'offrit bénévolement pour classer les archives hospitalières de Châteaudun, il ne s'acquitta jamais de cette tâche, qu'il eût d'ailleurs difficilement menée à bien en son ignorance du latin.

Franchement, y a-t-il beaucoup de jeunes gens de son âge, sans famille, sans fortune, sans appuis, qui, abandonnés sur le pavé de Paris, en proie à toutes les tentations de la grand'ville, eussent mené une existence aussi exemplaire d'austère bénédictin ?

Il en fut récompensé : en 1862, il entra en rapports avec M. Michel Chasles, le savant membre de l'Institut, titulaire de la grande médaille d'honneur de la Société royale de Londres, « le premier géomètre de France, sinon du monde ».

M. Chasles était de Chartres, Lucas lui apprit qu'il était de Châteaudun : d'amicales relations ne tardèrent pas à s'établir entre les deux compatriotes.

A dater de cette bonne rencontre, Vrain Lucas consacra encore plus de temps à ses érudites recherches. Ses journées étaient toutes consacrées au labeur : sorti de chez lui à onze heures, il déjeunait, suivant l'état de ses fonds, soit au café Riche, soit dans une petite crèmerie, passait ensuite sa journée entière à « la Bibliothèque » et, après souper, retournait travailler chez lui.

C'était un homme heureux.

***

M. Michel Chasles, le membre de l'Institut, n'était pas seulement un savant du plus haut mérite, universellement respecté. C'était aussi un passionné collectionneur d'autographes et qui possédait une fort belle collection.

Mais il n'avait pas du collectionneur les petites mesquineries habituelles et l'étroitesse d'esprit. Il aimait à faire part de ses trouvailles à ses amis et à ses pairs et, foncièrement généreux, n'hésitait pas à se dessaisir à l'occasion de pièces splendides, « uniques », en faveur des érudits français et étrangers qu'elles pouvaient intéresser.

C'est ainsi qu'en 1865, à l'occasion du sixième centenaire de la naissance de Dante, il communiqua aux Florentins un précieux autographe du poète, qu'en 1866 il offrit à l'Académie royale de Belgique, sur quinze qu'il possédait, deux lettres autographes de l'empereur Charles-Quint à maître François Rabelais.

Le 8 juillet 1867 enfin, il mettait le comble à ses libéralités en communiquant à l'Académie des Sciences le texte de deux lettres inédites de Rotrou à Richelieu, ayant trait tout au long à la création de l'Académie, et en faisait don à la bibliothèque de l'Institut de France.

Les lettres furent publiées dans le compte rendu des séances de l'Académie des Sciences, et, après avoir remercié son généreux confrère, le président, M. Chevreul, lui demanda quand il lui conviendrait de faire part à la Compagnie des importantes découvertes qu'il annonçait avoir faites sur l'énonciation des lois de l'attraction par Pascal, « grand fait de la science qui date, comme l'établissement des Académies, du XVIIe siècle ». M. Chasles répondit aimablement que, sans attendre l'achèvement du travail qu'il avait entrepris, il se ferait un plaisir de mettre sous les yeux de l'Académie dès la prochaine séance d'importants écrits inédits de Pascal, provenant de sa collection.

Il fit mieux, selon sa généreuse habitude : le 15 juillet, après avoir communiqué à ses confrères deux lettres de Pascal à l'Anglais Robert Boyle, plus quatre notes signées Pascal, il les donna à l'Institut.

Si grande que fût sa modestie, M. Chasles pensait certes bien que la publication de ces documents dans les *Comptes rendus* de l'Académie des Sciences ferait sensation ; il ne prévoyait cependant pas l'immense retentissement des débats qu'elle allait indirectement soulever dans le monde savant tout entier.

Ces documents inédits ne tendaient en effet à rien de moins qu'à prouver que Pascal avait été le premier, et bien avant Newton, à établir la loi de la gravitation universelle.

La découverte était sensationnelle et de nature à émouvoir l'Académie des Sciences. Elle l'admit avec étonnement, mais sans scepticisme. Un seul de ses membres, le physicien Duhamel, fit observer qu'elle supposait de la part de Pascal la connaissance de formules ignorées de son temps et que dans ces conditions elle lui semblait inexplicable.

C'était à la séance du 22 juillet. A celle du 29, le président donna communication de deux lettres qui mirent le feu aux poudres. L'une émanait de M. Bénard d'Évreux et signalait des énoncés mathématiques et certains chiffres de Pascal comme lui semblant copiés dans quelque traité moderne ; l'autre était d'un pascalisant connu, M. Faugère, et relevait des anachronismes absurdes dans les lettres citées par M. Chasles.

Premier émoi, suivi de beaucoup d'autres, car la querelle prenait bientôt un caractère international.

Cependant que Faugère et Chasles bataillaient, accumulant arguments sur documents, les Anglais prenaient véhémentement la défense de Newton. Un associé de l'Académie, Sir David Brewster, d'Edimbourg, auteur de travaux savants sur l'œuvre de Newton, ouvrait le feu sur ces « méprisables falsifications », aussitôt soutenu par le directeur de l'observatoire de Glasgow, M. Grant. Ce dernier apportait un gros appui aux adversaires de

Michel Chasles en établissant que les chiffres de Pascal étaient ceux que donnait Newton, non dans la première édition de son ouvrage en 1687, mais dans la troisième en 1726.

M. Chasles cependant ne se tenait pas pour battu et tirait des inépuisables portefeuilles de sa collection de nouvelles lettres de Pascal qu'inséraient religieusement les *Comptes rendus* de l'Académie et qui toutes, comme par hasard, venaient réduire à néant les objections de ses adversaires.

Prétendait-on que Pascal n'avait jamais été en correspondance avec Newton ? M. Chasles brandissait un paquet de lettres de Pascal à Newton, un autre jour des lettres de Louis XIV et de Jacques II ne laissant aucun doute sur ce point.

Aux affirmations raisonnées de MM. Faugère, Brewster et Grant, il opposait les témoignages écrits de Galilée, Huyghens ou Newton lui-même.

Aussitôt les savants d'Italie et de Hollande entraient dans la danse, les uns pour défendre Galilée, les autres pour protéger Huyghens. Les premiers s'étonnaient que l'astronome florentin eût écrit en français ; les seconds, plus sensibles et moins véhéments, exprimaient leur douleur des atteintes injurieuses portées à la réputation loyale de leur compatriote.

M. Chasles, impassible, continuait à fournir ses preuves : tous les lundis, il apportait des documents nouveaux à l'Académie, qui, la semaine suivante, les publiait gravement. Toutes les fois qu'ils étaient mis à néant, d'autres leur succédaient immédiatement, réfutant toutes les contradictions.

Cela pouvait durer longtemps : cela dura plus de deux ans, du 15 juillet 1867 au 13 septembre 1869 — bien que la vérité fût sortie de son puits dès le 12 avril de cette dernière année.

A cette date en effet, un astronome de l'Observatoire de Paris, M. Breton, démontra à l'Institut, textes en main, que seize des notes de Pascal et deux fragments d'une lettre de Galilée publiés dans les *Comptes rendus* étaient littéralement tirés d'un ouvrage d'Alexandre Savérien, *Histoire des philosophes modernes*, paru en 1761.

Preuve décisive ? Allons donc ! M. Chasles ne fut pas démonté pour si peu et, huit jours plus tard, produisit une lettre de ce Savérien à la marquise de Pompadour, prouvant clair comme le jour que celle-ci lui avait communiqué des lettres autographes de Copernic, Galilée, Descartes, Gassendi, Pascal, Newton et par conséquent que c'était lui, Savérien, le plagiaire !

Tout de même c'était un peu fort et à la suite de cette nouvelle communication, fort opportune en vérité, M. Le Verrier s'offrit à faire la preuve de la fausseté des autographes fournis par Michel Chasles.

En juin-juillet, il les critiqua à fond, révéla de nombreux extraits tirés textuellement d'œuvres de Thomas, Voltaire, Savérien, Gerdil, Chauffepié et montra scientifiquement les invraisemblables anachronismes contenus dans les lettres publiées par Chasles. Fort à propos, l'expertise faite à Florence d'une des lettres de Galilée vint appuyer sa démonstration, en prouvant à n'en point douter la fausseté du document.

M. Chasles était au-dessus de tout soupçon. L'auteur des falsifications était donc l'homme qui lui avait vendu les autographes. Dans la séance du 13 septembre 1869, le savant se résigna à reconnaître son erreur et donna des détails inouïs sur sa collection, en se raccrochant toutefois au fol espoir qu'il n'avait point été entièrement dupe :

« La collection s'étend aux premiers temps de l'ère chrétienne, et même au delà ; car il s'y trouve quelques lettres et de nombreuses notes de Jules César et des empereurs romains ; des apôtres, principalement de saint Jérôme, de Boëce, de Cassiodore, de Grégoire de Tours, de saint Augustin ; de plusieurs rois mérovingiens ; un grand nombre de Charlemagne ainsi que d'Alcuin. Je ne me porte point garant de ces pièces. Quelles qu'elles soient, il est certain que leur composition, si elles ne sont pas originales, a dû exiger un long travail, de nombreux matériaux ; et si l'on considère qu'elles s'ajoutent à tant d'autres, de tous les temps jusqu'au siècle dernier, et traitant de tant de matières différentes, on ne peut croire qu'elles soient l'œuvre d'un seul individu, d'un seul fabricateur, qui, du reste, ne sait ni le latin, ni l'italien, ni aucune partie des mathématiques ou des autres sciences sur lesquelles roule une partie considérable des documents. Il y a donc un mystère à pénétrer, et, jusque-là, il n'y a rien à conclure avec certitude ».

Le plus fort est que toutes ces lettres existaient.

Oui, les lettres de Jules César, de saint Jérôme, de Boèce, de Cassiodore, de Grégoire de Tours, de saint Augustin, de Charlemagne et d'Alcuin. Et aussi, les lettres dont ne parle pas ici M. Chasles, de Sapho, de Marie-Madeleine et de Lazare — et toutes, notez-le bien, rédigées en français du XVIe siècle : beaux autographes écrits d'une écriture ancienne avec une encre passée sur du papier jauni, et dont l'aspect seul avait assuré l'éminent savant de leur authenticité.

Mais c'était à tort, quoique avec les plus fortes apparences de raison, que M. Chasles se refusait à croire que toutes fussent l'œuvre d'un même faussaire.

Cet homme de génie existait. Et il avait nom — vous l'avez deviné — il avait nom : Vrain Lucas.

A l'heure où Michel Chasles reconnaissait son erreur, il était arrêté depuis quatre jours.

* * *

... « J'avais une grande confiance en lui ; nous étions du même pays, je le croyais incapable de me tromper. »

Et c'est pourquoi, Vrain Lucas lui ayant dit qu'il était de Châteaudun, Michel Chasles, qui était de Chartres, lui acheta tout naturellement un premier autographe, une lettre de Molière s'il vous plaît, pour la modique somme de 500 francs.

Là-dessus, voilà Vrain Lucas qui lui dit — ou à peu près :

— « Monsieur Chasles, vous me faites l'effet d'un amateur éclairé et d'un bon client. De plus nous sommes compatriotes ; il est naturel que je vous fasse profiter d'une bonne affaire. Des autographes comme celui-là, je peux vous en fournir, si vous voulez, des milliers...

— ...

— Des milliers, Monsieur Chasles !...

— ... ?

— Ah ! ça, Monsieur Chasles, ça, c'est tout à fait confidentiel ; et si je veux bien vous le dire, ce n'est pas parce que vous êtes membre de l'Institut — je ne le dirais pas à l'Empereur lui-même, — c'est parce que, vous et moi, on est du même pays et qu'alors si on n'a pas confiance dans ses pays...

— ..... !

— Merci, Monsieur Chasles, mais, moi aussi, j'ai confiance en vous ! Alors voilà : je connais un vieux monsieur, qui est le dernier descendant d'une famille émigrée à la Révolution et qui habite à Paris un hôtel dont le grenier est plein de livres et de papiers... Ah ! Monsieur Chasles, si vous voyiez ce grenier...

— ..... ?

— Ah ! non, ça, je ne peux pas vous dire son nom, il me l'a défendu. C'est un vieux monsieur, très vieux... Ces papiers, c'est des papiers de famille, une collection qui a été formée par un de ses ancêtres et qui représente une fortune. Et dame, comme il n'est pas riche, ce pauvre vieux monsieur, de temps en temps il se résigne à en vendre... Seulement, vous comprenez, il ne peut pas faire ça lui-même, et alors... alors, c'est moi qui lui sers de commissionnaire...

— ..... ?

— Moi, Monsieur Chasles. Ah ! c'est bien pour lui rendre service, parce que, pour ce que je touche...

— ... ?

— 25 % tout sec, et vous pensez bien qu'au prix où est la vie, — mais passons... Donc, c'est moi qui vends ses papiers... Mais si vous saviez, ce pauvre vieux monsieur, comme il est malheureux quand il est obligé de vendre ! Et il se désole, et il me les reprend des mains, et il ne lâche jamais une pièce sans la lire et la relire !...

— ... ?

— Cette collection ? Ah ! ça, c'est une histoire que je peux vous dire. Vous avez bien entendu parler du cabinet des titres du chevalier Blondeau de Charnage ?

— ...

— C'est ça... D'ailleurs, l'inventaire en a été publié en 1764 en cinq volumes in-12. Vous le trouverez à la Bibliothèque... Eh bien, la collection, c'est l'ancien cabinet Blondeau de Charnage, augmenté de bien d'autres collections que je vous énumérerai quand vous voudrez et notamment des papiers de Desmaizeaux...

— ...

— Oui. Alors, tout ça, qui formait une masse considérable, était à la Révolution la propriété d'un comte de Boisjourdain, qui émigra en 1791, passant en Amérique. Il emporta la collection, mais en route il fit naufrage et un certain nombre de pièces furent détériorées par l'eau de mer. Rassurez-vous : la plus grande partie est intacte et c'est mon vieux monsieur qui en a hérité.

— ..... ?

— Je ne vous en parle pas pour autre chose : eh bien ! si vous voulez, maintenant, toutes les fois qu'il voudra en vendre, c'est à vous que je les porterai...

— ...

— A vous seul, je vous le promets, foi de Beauceron !

— ...

— Oh ! Monsieur Chasles, ça ne serait pas la peine d'être du même pays, si on n'avait pas confiance...

. . . .

Jour par jour, et pièce à pièce, la collection du « vieux monsieur » devint donc celle de M. Chasles. Vrain Lucas, fidèle à sa promesse, apportait à celui-ci tous les documents dont se défaisait le mystérieux descendant du comte de Boisjourdain ; une seule fois il vendit à un M. Bellay, employé au Ministère des Travaux Publics, quatre billets de Marguerite d'Alençon, Rabelais, Montaigne et Rotrou, mais M. Chasles, prévenu à temps, les racheta pour deux cents francs.

Le « vieux monsieur » avait certainement de gros besoins d'argent : il arrivait que Vrain Lucas apportât à Michel Chasles des lettres autographes par centaines ; il y en avait dans le tas de doubles, de triples, de quadruples, copies fidèles d'un original qu'on trouvait toujours. C'était égal à M. Chasles : il achetait le tout sans marchander et s'étonnait d'autant moins de cette profusion de documents que tous présentaient entre eux une parfaite concordance.

Mais de temps à autre, surtout quand il s'était défait de quelque perle, une lettre de Marie-Madeleine ou une de Vercingétorix, le vieux monsieur était pris de terribles scrupules : il lui restait un parent, presque aussi vieux que lui, un militaire, et celui-ci, ayant appris les ventes, s'en était fort irrité. Alors le vieux monsieur dépêchait Vrain Lucas à Michel Chasles pour le supplier de rendre les pièces et de reprendre son argent.

M. Chasles s'y refusait bien entendu et le vieux monsieur, chapitré par Lucas, n'osait insister, mais ces alertes terrorisaient le membre de l'Institut, si fier des pièces uniques de sa collection. Aussi n'épargnait-il rien pour se concilier l'affection entière de son compatriote, Vrain Lucas : à la modeste commission que celui-ci lui avait dit toucher, il ajoutait spontanément de généreuses gratifications, lui prêtant de l'argent toutes les fois qu'il lui en était demandé.

Il lui prêta en tout 3.880 francs, sans préjudice des 140.000 francs qu'en huit ans il lui donna pour le « vieux monsieur » en échange de 27.000 documents autographes — fabriqués de toutes pièces !

***

Vrain Lucas arrêté en septembre 1869 — sur la plainte de Michel Chasles et non pour avoir fait des faux, mais dans la crainte où était l'académicien qu'il ne vendît à l'étranger le reste de la collection Boisjourdain, privant la France d'un incomparable trésor littéraire — Vrain Lucas passa en correctionnelle le 17 février 1870.

Il arriva à l'audience, accablé par un rapport terrible des deux experts commis par le tribunal à l'examen de la collection Chasles, MM. Henri Bordier et Émile Mabille. Ce rapport relatant tout au long les faits que nous venons d'exposer dévoilait sa façon de procéder habituelle et expliquait comment, dénué de toutes connaissances scientifiques, grâce à l'inconsciente complicité de M. Chasles qui lui faisait part de ses tourments au jour le jour, il avait pu faire « marcher » pendant deux ans les académies du monde entier.

Interpellé à l'audience sur les conclusions de ce rapport, l'inculpé répondit « avec un certain air de satisfaction » que les experts avaient assez bien apprécié son travail, et il donna aimablement quelques détails complémentaires. L'histoire ne dit pas quel visage il fit pendant l'émouvante déposition de M. Chasles, sa victime, mais à lire les comptes-rendus du procès, il ne semble pas s'être autrement ému.

C'est qu'à l'excuse de son escroquerie, il avait un argument irrésistible à fournir. Oui, il reconnaissait avoir vendu 27.000 pièces fausses à M. Chasles, oui, il reconnaissait en avoir reçu, grâce à la fable du « vieux monsieur », une somme de 140.000 francs, oui, il reconnaissait avoir fabriqué toutes les lettres de Pascal. Mais... mais il avait à cela des raisons d'ordre supérieur.

***

Ici, nous lui laisserons la parole.

Dans un mémoire inédit qu'il rédigea à Mazas le 29 septembre 1869, quelques jours après son arrestation, il expose comment, pour déjouer l'envie d'amateurs jaloux, il s'essaya par manière de jeu à rédiger quelques autographes de sa façon, semés de fautes grossières et de volontaires anachronismes, comment la fatalité voulut que M. Chasles vît le premier ces faux qui ne lui étaient point destinés et désirât à tout prix les acquérir :

... « Il m'en offrit un prix raisonnable et enfin il me tourmenta tant et tant que j'eus la malheureuse faiblesse de me laisser entraîner à cet appas ; j'en ai aujourd'hui le plus grand et le plus sincère repentir, car, je le repette, mon intention n'était point d'en tirer profit, je ne voulais faire qu'une mystification, mais qui n'avais point été préparée pour M. Chasles que j'ai toujours beaucoup respecté et vénéré comme il mérite de l'être. Enfin malheureusement pour moi, le coup fatal me fut ainsi porté : la volonté de l'homme a de la force sans doute, mais à condition qu'on ne la place pas dans des circonstances assez puissantes pour dominer cette force, et ce sont malheureusement ces circonstances qui ont dominé la mienne.

« Quant à M. Chasles, lui, très content de son marché, il m'engagea avec beaucoup d'instance à lui reporter d'autres documents semblables ; il me donna même une longue liste de personnages desquels il désirait très ardemment avoir des lettres ou autres documens les intéressans, et il me dit que si je lui en fournissais, il en formerait un corps d'ouvrage qu'il publierait et qu'il me ferait un beau cadeau.

« Tout cela fut, malheureusement pour moi, comme un piège de tentations qui me fut tendu et je me suis laissé entraîner sur cette pente dangereuse, car, comme je viens de le dire, la volonté de l'homme a de la force sans doute, mais à condition qu'on ne la place pas dans des circonstances assez puissantes pour dominer cette force ; malheureusement ce sont ces circonstances par trop puissantes qui m'ont entraîné et par conséquent porté ce coup fatal.

« Il me vint alors en pensée que cette idée de publication par M. Chasles pourrait peut-être, en frappant l'attention et piquant la curiosité publique, être un moyen de rétablir dans l'histoire des faits inconnus que je savais être restés dans la poussière de l'oubli et d'autres faits déjà connus, mais qui sont restés, pour ainsi dire, oubliés, par suite de l'indifférence des hommes.

« Je me mis donc à faire, dans de vieux manuscrits, d'anciens recueils de lettres ou de vieux livres imprimés et peu connus, des extraits que j'arrangeai, tant bien que mal sous la forme de lettres simulées. Je dis : tant bien que mal, parce qu'alors je visais plutôt à donner des extraits historiques que des autographes. Ce ne fut que plus tard, lorsque M. Chasles commença à publier ses lettres et qu'il me fit part des contestations qu'il éprouvait que je fis plus attention tant à la simulation de l'écriture qu'au choix des documens qui pouvaient lui être utiles, car je le voyais si désireux de triompher que je l'aidais de tout mon pouvoir.

« J'avoue franchement que je n'envisageais pas bien de quelle manière je me mettais dans cette lutte en opposition avec les lois, car je ne sais rien du droit ; je pensais au contraire que cela ne pouvait être considéré comme une mauvaise action, d'autant plus qu'il devait en résulter un ouvrage qui, tout en étant jusqu'à un certain point apogriphe, avait pour but l'utilité publique, c'est-à-dire de faire connaître des faits, comme je l'ai dit, inconnus encore dans l'histoire ou qui y sont oubliés même de la plus part des savans, et par conséquent que cet ouvrage pouvait être utile au progrès des connaissances humaines.

« Car tel était, entr'autres, mon projet : c'était de faire connaître que la première idée des lois de l'attraction, qu'on attribue communément à Neuton, ne lui appartient pas, mais qu'elle appartient à des Français à qui Neuton l'a ravie. J'avais vu cela écrit quelque part, dans des documents qui étaient alors sous ma main, et ce fait avait frappé mon attention.

« Je voulais faire connaître aussi que le binôme auquel Neuton a donné son nom, n'est point non plus de lui, que c'est une usurpation qu'il fit à Pascal. Je voulais encore faire connaître que beaucoup d'autres découvertes avaient été dérobées à des Français, tant par Neuton que par d'autres savans étrangers, et je suis étonné que nos savans d'aujourd'hui restent insoucians et indifférens à cet égard.

« De même, je voulais faire connaître dans tous ses plus petits détails, et autant que cela me serais possible, la vie d'un savant que je savais avoir été un des martyrs de la science, et quoiqu'il ne fut pas Français, ne jouissait pas moins d'une grande considération en France — c'est là qu'étaient ses véritables amis — je parle de l'illustre Galilée, qui a ouvert la carrière à presque toutes les sciences et qui a découvert, pour ainsi dire, un nouveau monde. L'histoire de ce savant n'a jamais été bien connue. Ses compatriotes ne lui ont jamais rendu justice ; j'avais vu écrit quelque part que ce n'est qu'en France qu'il trouva, comme je l'ai dit, des partisans et des amis. Or il m'avais pris fantaisie de bien connaître l'histoire de ce grand génie qu'on ne trouve qu'éparse et qu'en cherchant avec soin çà et là. C'est ce que je faisais et Dieu sait combien d'ouvrages j'avais déjà compulsé pour arriver à ces fins ! »

Nous ne suivrons pas plus loin Vrain Lucas dans ses lamentations contre les Français qui osent soutenir *Neuton* — « il est vrai qu'ils ne sont pas nombreux et qu'ils sont pour ainsi dire isolés, car l'anglomanie a fait son temps, l'esprit français est aujourd'hui plus patriotique » — non plus dans son apologie pour Galilée, Descartes et Pascal, sans qui « Neuton serait resté inconnu, car il n'avait pas le génie créateur », non plus dans l'expression finale de son tardif repentir.

Des pages que nous avons citées et qui suffisent à notre démonstration, il résulte :

1° Que Vrain Lucas savait bien mal l'orthographe et avait raison de se spécialiser dans la confection de documents n'exigeant pas la possession de cette science ;

2° Que, s'il faisait des faux, c'était par philanthropie ;

3°, Que c'était aussi par patriotisme.

La valeur de ce dernier argument ne pouvait manquer d'impressionner ses juges. En bonhomme modeste et inhabile à se défendre, il ne l'avait invoqué qu'à propos de l'affaire Pascal-Newton.

Son avocat d'office, Me Helbronner, élargissant le débat, et reprenant la série des documents fabriqués, sut bien mettre en lumière son idée dominante, sa manie, sa passion : *restituer à la France les gloires qu'on lui a ravies*.

Mais oui.

« Ce n'est pas seulement dans les documents des débats Pascal-Newton que cette idée se retrouve : Thalès donne à Ambigat, roi des Gaules, des conseils sur la manière de gouverner son peuple ; Alexandre fait l'éloge de la Gaule et des Gaulois à Aristote ; Cléopâtre envoie Césarion à Marseille pour s'y instruire, tant à cause du bon air qu'on y respire que des belles choses qu'on y enseigne. Lazare, après sa résurrection, et Marie-Madeleine dans leurs lettres à saint Pierre, ne trouvent pas de sujet plus intéressant que les Druides et les Gaulois. »

En cour d'assises, il y aurait eu là — au moins de nos jours — de quoi enlever l'acquittement. En correctionnelle (et sous l'Empire), l'argument n'était point suffisant et le 24 février 1870, le patriote Vrain Lucas était condamné à deux ans de prison et 500 francs d'amende.

Telle était la récompense des travaux ardus, sinon désintéressés, entrepris par le compatriote de M. Chasles pour restituer à la France les gloires qu'on lui avait ravies.

***

Nous avons extrait du volume de manuscrits de la Bibliothèque Nationale où elles dorment ignorées les plus belles pages de Vrain Lucas. On les trouvera ci-dessous, si émouvantes en leur simplicité et qui toutes nous montrent les grands hommes en bonnes et braves gens : lettres d'amour de Sapho la Lesbienne et de Cléopâtre l'Égyptienne, d'Héloïse et de Ninon, billets dévots que griffonnèrent sur sa coiffeuse de coquette repentie Madeleine la pêcheresse et sur la pierre de son tombeau son frère Lazare, correspondance intime de Socrate, Platon, Alexandre, Archimède, défis guerriers de Carausius, César, Charles Martel, et le laissez-passer qu'au 2e bureau de son État-Major, en son P. C. d'Alésia, Vercingétorix signa en faveur de Trogue-Pompée ; vos lettres : à saint Éloi, Dagobert — ô mon roi — ; à Alcuin, Charlemagne ; à vos parents, Jeanne la Lorraine ; à Rabelais, Christophe Colomb et Améric Vespuce !

J'en passe...

Ce sera au public, souverain juge, d'estimer si ces lettres méritaient l'oubli et le mépris où les tiennent grimauds, faiseurs de morceaux choisis et compilateurs de manuels, de décider si après *L'Immortel*, il n'y avait pas lieu de mettre en lumière l'écrivain méconnu qui, touché un instant d'une gloire justifiée, disparut dans l'obscurité sans qu'on puisse savoir quels furent ses derniers jours.

GEORGES GIRARD.

LETTRES

THALÈS

Thalès à très illustre et très redouté prince Ambigat, roy des Gaules, salut.

Très puissant prince,

Vous me mandez aulcunes des sentences que savés que ay recueillies sur la manière de se bien gouverner et bien conduyre. Ci-joint en trouverez que je vous prins prendre en bone considération, car pour bien vivre il faut s'abstenyr d'abord de chose que l'on treuve répréhensible dans les autres.

La félicité du corps consiste dans la santé, et cele de l'esprit dans le savoir.

Selon mon penser, l'eau est le principe de toutes choses ; malgré sa nature homogène, elle est disposée à prendre toutes sortes de formes et devenir arbre, métal, or, sang, vin, blé, etc..., car les vapeurs sont la nourriture ordinaire des astres et l'Océan leur échanson.

Quant à ce qui est de l'astronomie, sur quoy me mandez aulcunes observations, les treuverés cy-joint avec icele lettre ains que quelques desseins de la sphère, que j'ay partagé en cinq cercles parallèles, trouverés aussi aulcunes de mes observations touchant les raisons physiques des éclipses du soleil et de la lune. De tout cecy je seray heureux sy en estes satisfait, pour l'instruction des princes vos neveux, me mandez-vous.

Je vous salue.

Ce X juin, l'an de Rome CLV.

THALÈS.

SAPHO

Sapho à son très amé Phaon, salut.

Très chier amé,

Près de ces bords charmans où la veue admire en s'égarant une immense estendue, où la pleine des mers et la vouste des cieux semblent dans le lointaing se confondre, non loin d'icelle rive est un lit de verture qu'ombrage un orme épais et qu'une onde pure arrose.

Ce fut là, si tu t'en rapele, mon très amé, que, embrasé par l'amour, tu me donna le premier baisé et me pressa de le rendre. Ce fut là, chier Phaon, qu'au gré de ta caresse, je fis en rougissant, hélas, l'aveu de ma tendresse et aussy cele de ma faiblesse. Comment aurois-je pu résister à tes feux, car dans tes yeux estait peinte la candeur de ton âme, l'amour d'un doux esclat faisoit briller tes charmes.

O chier Phaon, quel beau jour, je crois encore voir tes yeux attendris qui se remplirent de larmes. O qu'à ta tendre Sapho comme tu paroissois en chaleur, t'en souviens-tu, moi je crus voir les dieux qui seduisoient ton cueur, reviens à moy, reviens, car sans toy ne puys vivre. Salut.

SAPHO.

SOCRATE

[*A Euclide*]

Mon très chier et très amé Euclides,

Au Pais des Gaules où devez partyr, je vous recommanderay un mien amy que la letre cy-jointe *(sic)*. Et viens vous dire par icelle qu'Anite et Melite m'accusent d'impiété. Ils peuvent bien me faire mourir mais ils ne sauroient me nuyre. La fortune peut bien m'enlever la santé, les richesses, les faveurs d'un peuple ou d'un prince ; mais elle ne sauroit me rendre meschant, m'oster le courage ny me faire perdre cet esprit de prudence plus nécessaire à l'home dans le cours de sa vie que le pilote ne l'est au navire voguant sur des mers hérissées de rochers. Ains, come jà vous l'ay dit mainte foys, très amé Euclide, vous recomande trois choses : la sagesse, la pudeur et le silence ; sur ce je vous souhaite bon voiage.

Ce X mars.

SOCRATE.

Avec icele, treuverez aulcuns motz plaisans de ma façon.

PLATON

Platon à son très amé Euthymenes, salut.

Mon très amé Euthymenes,

Il est vray qu'ayant veu les caprices d'une multitude ignorante et tumultueuse s'emparer des afaire de ma patrie, j'abandoné icele pour éviter les factions et me retiray chez Euclide à Mégare. Je visitay ensuite l'Egypte afin de profiter des lumières des prestres de ce pays et des savans en tous genre.

Non content d'avoir veu l'Egypte, c'est alors que je passay dans les Gaules pour y profiter aussy des lumières des Druides qui y sont en sy grande vénération. Et de là je passay en Italie en la partie de la grande Grèce pour y entendre les trois fameux Pythagoriciens que cognoissés, et de là je passay en Sicile pour y veoir le mont Etna sy merveilleux, avant que de me rendre à Athènes.

Tel est en résumé le récit de mes voiages fait pour

m'instruire, mais veulx bien vous avouer que nul part n'ay trouvé plus de lumière qu'en la cité de Marseille et que longtemps ay balancé sy ne devois pas là me fixer. Je vous en diray la raison en une autre letre.

Salut.

PLATON.

ALEXANDRE

Alexandre rex à son très amé Aristote, salut.

Mon amé,

Ne suys pas satisfait de ce qu'avez rendu public aulcun de vos livres que devez garder soubs le sel du mystère, car c'est en profaner leur valeur. Or donc, vous prins retirer iceulx des mains profanes et ne plus doresnavant les rendre public sans mon assentiment.

Quant à ce que m'avez mandé d'aller faire un voyage au pays des Gaules afin d'y apprendre la science des Druides, desquels Pythagoras a fait si bel éloge, non seulement vous le permets, mais vous y engage pour le bien de mon peuple, car n'ignorez pas l'estime que je fais d'icele nation que je considère comme étant cele qui a porté la lumière dans le monde.

Je vous salut.

Ce XX des Kalendes de may, an de la CV Olympiade.

ALEXANDRE.

ARCHIMÈDE

Archimède à son très amé Hiéron, salut.

Mon très amé,

Selon mien penser, les langues qui aujourdhuy sont diverses par toutes les parties du monde ont deu se former des débris de la langue originel, qui semble estre la celtique, qui semble estre la même langue que celle dont se servoit Moyse, que l'on doit considérer comme le plus ancien escrivain qui se présente à nous dans l'ordre des temps.

Ce grand homme peut estre envissagé soubs deux aspects. Soubs le premier, comme l'organe et le ministre des loix du tout puissant. C'est le chief d'un peuple choisy, c'est le créateur d'un gouvernement admirable, duquel tous souverains doivent avoir pour modèle. Soubs le second aspect, Moyse est un écrivain sublime, simple, exacte dans sa narration.

Comme c'est par le degré d'imagination qu'il faut juger les hommes, peu d'hommes l'ont eue aussy forte et aussy brillante que Moyse, ains que le diray en mon autre récit, où iceluy Moyse sera considéré non comme législateur mais come poète.

Je vous salut.

Ce XX febvrier.

ARCHIMEDE.

DIVITIAC

Divitiac à son très amé Cicéron.

Mon très amé,

Jà vous ai entretenu du culte de nos divinité dans les Gaules. Par icele letre, vous parleray d'iceluy que rendons à la fécondité de la nature et vous feray congnoistre la prière que luy adressons.

Mais avant icele vous diray que li signe qui exprime le moien qu'elle emploie pour se renouveller dans la classe des estres organisés se nome Phallus. Il est porté en grande pompe dans nos assemblées et on y substitue le Cteis dans les assemblées des fames. Avons moult respects aus cérémonies de son culte. Voicy la prière que luy adressons :

« Salut ! ô saincte et continuele bienfaitrice du genre humain qui, semblable à une tendre mère, verses tes dons sur les mortels et qui tends une main secourable aux malheureux, salut ! Je t'invoque, divinité puissante, toy que les dieux du ciel honorent et que redoutent les dieux de l'enfer, toy qui imprimes li mouvement aux [s]phères célestes, qui alimentes les feux du soleil, qui governe le monde entier et dont l'empire s'estend jusques sur le Tartare. Tu parles et les astres te répondent ; les dieux se réjoussent, les saisons se succèdent, les eslémens obéissent à tienne voix. C'est par ton ordre que les ventz se précipitent et que les nuages s'amoncelent, que les plantes germent, qu'elles sortent du sein de la terre. Les animaux qui peuplent les foretz et les montagnes, le serpent cachés dans les antres obscurs, les habitans de l'air, les monstres de l'océan, tout dans l'Univers est soumis à tes loix. Qui pourra dignement célébrer tes louanges, divinité auguste ! Rempli de ta majesté, je te verrai sans cesse, je contemplerai tes traits divins. Puisse ton image sacrée vivre tousjours au fond de mon cueur. »

Ains est la prière de nos initiés à la fécondité de la nature. Salut.

Veillez et soyez purs.

Escript du pays des Carnutes, l'an de Romme VCXCII.

Divitiac.

JULES CÉSAR

Ceci est la lettre de défit qu'envoye Jules César à Vercingétorix, chef des Gaulois.

Julii Cesar au chief des Gaulois,

J'envoy devers toy un mien amé qui te dira le but de mien voyage ; je veux covrir de mes souldats la terre qui t'a veu naistre. C'est en vain que tu la vouldras défendre. Tu es braves, je le say, mais aussy le

179

Joctroy ce fait de [illegible] de seyne

Rolin pour trois mois a [illegible] de cest pr.

[illegible] Cerfa sieur [illegible] etordone a

tous que les [illegible] [illegible] le laissent

passer librement [illegible] [illegible]

ce X de [illegible] [illegible]

[illegible]

serai, s'il plaist aus dieux : ains rend moy les armes ou prépare toy à combatre.

Ce VI des Kal. de Jullius.

JULII CESAR.

VERCINGÉTORIX

Cecy est la lettre que Vercingetorix, li chef des Gaulois, remit à Trogue Pompée qui étoit venu luy apporter une missive de Jules Cesar, afin qu'il s'en retourne librement devers son maistre.

J'octroy le retour du jeune Trogus Pompeus au près de l'empereur J. Cesar, sien maistre, et ordoing à ceus qui ces letres verront le laisser passer librement et l'aider au besoing.

Ce X de Kal. de may ...

VERCINGETORIX.

CLÉOPATRE

Cléopâtre royne à son très amé Jules Cesar, impereur.

Mon très amé,

Notre fils Césarion va bien. J'espère que bientôt il sera en estat de supporter le voyage d'icy à Marseilles où j'ay dessein le faire instruire, tant à cause du bon air qu'on y respire et des belles choses qu'on y enseigne. Je vous prins donc me dire combien de temps resterez encore en ces contrées, car j'y veux conduire moy mesme nostre fils et vous prier par ycelle occasion.

C'est vous dire, mon très amé, le contentement que je ressens lorsque je me treuve près de vous et, ce attendant, je prins les dieux avoir vous en considération.

Le XI de mars, l'an de Rome VCCIX.

CLÉOPATRE.

SAINT MATHIEU

[*A Montanus*]

Très amé Montanus,

Vous qui savés moult chose, qui passés pour l'Ovide des orateurs et le plus habiles des déclamateurs, me pevés vous renseigner quel [e]st ce Gaulois nomé Castor que l'empereur Tibère vient d'envoier en Judée pour y épier et suivre la marche de Jésus l'home divin nostre maistre.

Est-ce un docteur, un home de renomée come il en est aulcun par les Gaules ? Me ferés moult plaisir

Prince tres hault et tres [illegible]

des Bourg[illegible] palatin [illegible]

[illegible]

[illegible] homme [illegible]

[illegible] en icelle demeure la lettre

[illegible] la lettre du pape qui me fut remise

par [illegible] de [illegible]

[illegible] et icelle lettre est

[illegible]

fort [illegible] de la [illegible]

[illegible] donc les [illegible]

[illegible] et nous [illegible]

m'en instruire ; de vous j'attens réponse et prins le tous puissans vous avoir en grace.

Ce XX may l'an LXII de l'em[...] romain.

MATHIEU,
disciple de Jésus.

MARIE-MADELEINE

I

Magdeleine au roi des Burgondes.

Prince très hault et très redoubté des Burgundions, salut, de part moy, Magdeleyne, seur de Marthe et de Lazare, recevez mes homages et avec iceulx cette cassette.

En icelle, treuverez la lettre dont je vous ay parlé, qui me fut remise par Jesus de Nazareth, aulcuns jours avant sa passion. Et icelle lettre est accompaignée de deulx sentences qui sont les bases de la religion du Christ. Aiez donc ces précieulx object en considération et vous rappelez de mes instructions. Ains serez heureulx et vivrez en paix, ce que vous souhaite celle qui s'estime estre votre très obligée servante.

L'an du Seigneur, le XLIe.

MAGDELEINE.

II

Magdeleine à son très amé Lazare.

Mon très amé frère,

Ce que me mandez de Petrus l'apostre de nostre doux Jesus me fait espérer que bien tôt le verront icy et me dispose l'y bien recevoir, nostre seur Marthe s'en rejouist aussy. Sa santé est fort chancelante et je crains son trespas, c'est pourquoi je la recomande à vos bones prières.

Les bonnes filles qui sont venues se mettre soubs notre égide sont admirables pour nous et nous font des caresses on ne peut plus aimables. C'est vous dire, mon très amé frère, que nostre séjour dans ces contrées de la Gaule nous est en grand affection, que n'avons point envie le quitter, ains qu'aulcuns de nos amis nous le proposent. Ne trouvez vous pas qu'iceulx Gaulois qu'on nous disoit nations barbares ne le sont nullement et, à en juger parce que jà avons apprins, ce doibt estre de là que la lumière des sciences a deut partir. Je n'en diray rien plus sy ce n'est que j'ay grand désir vous voir et prins nostre seigneur vous avoir en grace.

Ce X juin XLVI.

MAGDELEINE.

LAZARE

I

[*A saint Pierre*].

Mon très amé Petrus,

Vous ay mandés que le druide Divitiac avoit fait un discours si touchant à l'empereur César que celuy ci en fut si touchés qu'aussitost il se rendit aux vœux des peuples pour lesquels ce discours estoit fait et rétablit leurs estats dans leur première splandeur.

Ces peuples me semblent estre les Carnutes et les Eduéens et ce fut dès lors que César cognoissant tout le mérite de Divitiac voulut l'avoir tousjours près de sa persone. Il fut celuy de tous les Gaulois en qui César eut le plus de confiance et qui eust aussy plus de crédit auprès de César. Il le logea chez luy et fist son panégyrique en toute rencontre.

Ce fut luy aussy qui luy fit cognoistre les Gaules en luy en faisant une ample description. Du reste devés veoir par les escrits de César qui sont à Rome que celuy ne parle de Divitiac qu'avecq éloge.

Je prins Dieu nostre Seigneur vous avoir en ses grâces.

Ce XX juillet XLII de l'incarnacion du Seigneur.

LAZARE.

II

Lazare le ressuscité à S. Pierre.

Mon très amé Petrus,

Vous me mandés avoir remarqué dans les escrits de César et en ceulx de Cicéron qu'une des principales parties de la religion des druides étoit de sacrifier des hommes saulxvaiges, cela est vray ; ils prenoient en un sens erroné ce principe que l'homme ne peut bien recognoistre la vie que Dieu luy a donnée qu'en luy offrant la vie d'un homme.

Ils ont continué cette pratique inhumaine et sanglante jusqu'au temps de Cicéron ; c'est pourquoi il dit qu'ils souillent et profanent leur temple et leurs autels en y offrant des victimes humaines, et icy Cicéron a raison d'insulter un culte aussy barbare en disant : Chose étrange, pour satisfaire à ce qu'ils doivent à leur religion, il faut qu'auparavant qu'ils la déshonorent par quelque meurtre, ils ne peuvent être religieux sans être homicides.

L'infamie de cette horrible maxime a rejailli sur tous les Gaulois, quoique cela ne soit pratiqué qu'en certaines contrées, mais les armes et les conquestes des Rommains ont fait cesser cette infamie et ne crois pas qu'on la pratique nulle part de maintenant.

Ainsy soit-il.

Ce X aout XLVII. LAZARE.

FLAVIUS JOSÈPHE

[*A Pline*]

Mon très amé Pline,

Vous ay dit que la cité de Lyon avoit l'avantage de voir establir chés elle des jeux littéraires afin d'inspirer une émulation merveilleuse pour les lettres dans les jeulx ou exercices qui se font en trois langues. Les orateurs s'exercent à qui le mieulx réussira. Ils prononcent leur pièce d'éloquence en public et ceulx qui sont vaincus sont obligés de fournir le prix deu aux victorieux et de faire leur éloge. Ceux qui ont tout à fait mal réussy et que les auditeurs ont sifflés sont condamnés à effacer leurs escritz avec une éponge ou avec leur langue à moins qu'ils n'aiment mieulx subir la peine de la férule ou estre jettés dans la rivière. La cité de Lyon est redevable de cet establissement à l'empereur Caligula qui l'institua la troisiesme année de son règne ou la XL de l'ère novele.

Adieu.

Ce XX apvril LXXV.

FLAVIUS JOSEPHE.

PLINE LE JEUNE

Plinius à son très amé Sentius Augurinus, poète des Gaulois.

Mon très amé,

Jà vous ai mandé le motif qui m'engagea d'embrasser la foi du Christ et avés veu par aulcune de mes lettres à l'empereur Trajan combien l'ai engagé à estre favorable aux Chrestiens. J'ay aprins qu'un disciple de Paul, apostre de Jhesus, le Christ, avoit passé ès Gaule pour y precher l'Evangile. Son nom est Trophime. Je prins vous me dire si jà l'avés veu et vous engage à le bien recevoir, vous et vos amis, et vous prins aussy ne me rien laissé ignorer de ce qu'il fera.

Ce que jà m'avés enseigné, touchant l'estat des sciences et des letres dans les Gaules, m'a fait moult plaisir, ains qu'à mon amy Pomponius Mela à qui en ay fait part l'autre moys, m'estant venu visité. Je vous prins me continuer ces enseignemens et m'instruire aussi si pour les operacions mathématiques, on en a conservé la méthode de Pythagore et sy on fait usage des chiffres pythagoriens.

J'atens de vous réponse par le porteur d'icele et vous dy adieu.

Ce X may CXIII.

PLINIUS.

CARAUSIUS

[*A Dioclétien et à Maximien*]

Caraucius, empereur des Bretons Gallo-Francs, salut les deux Césars Dioclétien et Maximien et leur mande de faire trève sinon leur ordone se retirer par delà la Gaule lyonoise, autrement s'y verront par la force repoussé.

Jà vinct miles combatans sont assemblés chez les Carnutes et les Eduéens et dans peu marcheront contre les légions romaines.

Ains le veult et l'entent.

Le X mars, l'an VI de mon règne.

CARAUSIUS, empereur.

AUSONE

Sepxain.

AMOURS

Est-ce honteux d'estre joyeuse
Ne de faire les gens valoir ?
Sans plus de rien est envieuse,
Car du surplus ne puet chaloir.

C'est trop fait de lasche courage
Quans on se met en nonchaloir :
Tost ou tard esté fait orage.

AUSONE.

SAINT JÉROME

[*A Sulpice Sévère*]

Mon très amé Sulpice Sévère,

Parmy les lettres que ce porteur vous remettra, il en est une de la plus haulte importance pour ce d'abord qu'elle émane de Jésus le Sauveur des homes et pour ce qu'elle establit que la première langue du monde, celle establie par les descendans de Noé, est la celtique ou gauloise et qu'il se forma autant de dialectes d'icele langue primitive qu'il y eust de nacions différentes les unes des autres.

Or donc le devons croire pour ce que Jésus l'a dit et qu'il ne doubtait de rien et à la vérité l'on ne le peut nier, quoique le grec ait esté une langue fort comune ains que le latin de maintenant ; on ne peut doubter que l'une et l'autre ne dérive du celtique ou gaulois ; jà, come le savez et come le dit la letre de Jésus à ses disciples, d'icele langue celtique les dialectes grecs, latins et teutons ont emprunté une infinité de mots et jà somes bien asseurés que Cicéron,

Horace, Virgile, Cor. Gallus y ont puisé bon nombre de leurs expressions et pour exemple savez que le mot latin que porte la rivière de Pô luy est venu d'un mot celtique ; sans nul doubte que le grec y a tiré le mesme secours et encore plus le teuton qui est la langue des Germains. Je n'en dit rien plus.

Adieu.

Ce XII may CCCCVI.

JEROME.

GRÉGOIRE DE TOURS

A la bienheureuse royne Radegonde.

Bienheureuse royne,

M'avés mandé aulcunes particularité touchant l'histoire, voulant, m'avés vous dis, en instruires les jeunes filles qui sont venues en votre monastère pour y vivre à l'ombre de vos vertus. C'est me faire grand oneur ; aussy ne veux faillir à vostre mandement.

Cetuy jour vous conteray quaulcuns du rex Clovis, li Ier rex chrétien.

Il estoit une loi parmy les Francs de partager tout le butin entre les gens de guerres, mais iceluy rex, quoiqu'alors idolastre, demanda une foi, à la suyte d'un combat, qu'on mit à part un vase sacré pris dans une esglise pour le rendre à l'evesque Rémy de Reims qui le lui avoit demandé. Mais un soldat insolent s'y oposa, disant qu'il en vouloit avoir sa part. Et come li rex insistoit, iceluy soudat dona un coup de sa hache sur le vase et le cassa. Le rex dissimula pour lors sa colère parce que telle estoit la loy ; mais quelque tems après il advint que, dans une revue générale, li rex remarqua iceluy soudat dont les armes n'estoit pas en estat, et, come pour ce il se trouvait en punicion de mort, li rex lui fendit la teste de sa hache en disant : Tu frapas ains le vase sacré.

C'est ainsi que ce rex savoit rendre justice. Je ne vous dy rien plus, mais une autre fois vous conteray autres aventures.

Je prins Dieu vous avoir en ses bones graces.

Ce X juing VCXXXV.

GREGOIRE,
evesq. de Tours.

DAGOBERT

Dagobert à saint Eloi.

Mon très chier et très amé Eloy,

Ce que vous m'engagez faire pour la mémoire du bienheureux Denys, qui, le premier, vint dans les Gaules pour y prescher la foy de Jésus Christ a esté exécuté come ne l'ignorez pas par la très illustre Geneviève de Nanterre. Quoiqu'il en soit, suivray vostre conseil et veux faire bastir près d'icelle esglise un monastère portant ce nom où sera mon oriflamme. Ains venez me voir et ferons le plan d'icelle ensemble.

Ce XX mai VICXXIX.

DAGOBERT, rex.

CHARLES MARTEL

Li général des Françoys au duc des Maures.

Duc Mauresque,

J'ay leu des lettres menaçantes de toy, mais n'en crains peu les effets. Rassemble se tu peux toutes les forces de l'Afrique et viens à leur teste fondre sur miene patrie. Tu me verras voler à sa rencontre. Je n'ay besoing que de petites armées pour en battre de grandes. Il me suffit que d'une poignée d'hommes francs pour en disperser une multitude. N'espère donc pas me voir traïr ceux qui ont imploré ma protection ; mets, si tu le veux, à prix d'or la rençon de ta prisonnière et l'or te sera prodigué, sinon respecte la comme tu le dois et je te promets les mêmes égards pour ton sérail et tienes favorites.

Sur ce, prie l'esternel t'avoyr en sa garde.

Ce X juing VIICXXXII.

CARLE MARTEL.

CHARLEMAGNE

I

[*A Alcuin*].

Maistre Alcuin, mon très amé,

Il m'es doux vous pouvoir féliciter du chant moult gentil qu'avés imaginé en l'oneur du brave et valeureux Roland, mon neveu, que Diex absolve. J'ay grand désir que m'en faissiez maintes copies pour miens amis.

Je vous envoye divers escripts de moy touchant l'hérézie d'Urget que j'entens combatre ains qu'icele d'Helipond ; mais il me fauldra vostre haute science car, sans ce secours, j'y faillirois.

J'entens aussy qu'il soit escript une grammaire pour la meilleure manière d'ortografier et d'escrire ; jà vous en ay parlé en nos entretiens, vous le sçavés et vous prie ne point laissier ce fait en l'oubly.

Ma fille Théodrade et ma seur Ysele on deu vous escrire. Car toute deux sont trés apte à suivre vos doctes leçons et proufiter de vos conseils. Ma seur surtout est fortement inclinée à l'instruction, come le sçavez, et s'occupe moult d'aprofondir ce que luy avez enseigné. Aussy vous ont-elles en grand estime et veneracion.

Sur ce, mon très amé, escrivés moy et prins Dieu vous avoyr en ses graces.

Ce X juing VIICLXXIX.

CARLELEMAGNE, rex.

II

[*A Alcuin*].

Très docte et très amé Alcuin,

Au nombre des escrits que m'avés envoyés, jà vous ay dit qu'il en estoient aulcuns qui me tesmoignaient du séjour de Hercules dans les Gaules et qu'il y avoit epousé Galatée, fille du roy Celtus, quelle raison pourroit-on avoir pour ne pas croire à cette alliance et que je croirois plustot à cele d'Alexandre avec Roxane.

Après tout, pourquoy devons-nous avoir moins d'égards pour les Gaulois nos ancestres que pour les nations qui nous sont estrangères. D'où vient croirai-je qu'un Ninus et une Sémiramis régnèrent à Babylone et que je refuserois de croire qu'il y eut aussy dès lors des rois dans les Gaules, et pour quelles raisons des mêmes autorités qui m'attestent ces deux faits en croiroit une et ne croiroit pas l'autre ?

Ce ne peut être que l'effet d'une éducation vicieuse de ce que en nostre enfance on nous fais apprendre des hystoires estrangères, qu'on nous y entretient et qu'on néglige de nous instruire de celle de nostre pays. C'est là un [mal] auquel j'entens qu'il faut remédier dans l'éducacion des enfans ; ains après avoir meurement réfléchy sur ce fait, je désir et entens qu'il soit fait un ouvrage d'histoire dans la meilleure forme, basé sur les authorités que nous avons, pour estre enseignée aux enfans et c'est vous, mon très amé, à qui je done ce soin. Adieu.

Ce 20 aoust 802.

CARLELEMAGNE, rex.

III

[*A Alcuin*].

Très docte et très amé Alcuin,

Je suis d'avis, ains que me l'avés dit jà maintes fois, la langue celtique, qui semble être la mère de toutes les langues, estoit plus cognue chez tous les peuples de la terre et que Pythagore, Platon, Aristote, etc., non seulement la savoit mais l'enseignoit, ce qui ressort des divers documents que m'avés envoyés et que je vous retourne.

Ces documents sont les lettres d'iceux Pythagore, Platon, Aristote et aussy du roy Alexandre de Macédoine et des doctes voyageurs, géographes et historiens et aussy mathématiciens, qui ont l'un et l'autre parcourut les deux extrémités du monde, l'un au nor

tement dans leducation des enfans. Aussi apres avoir
meurement reflechy sur ce fait. je desir et entens quil soit
fait un ouvrage dhistoire dans la meilleure forme dapres
les authorites que nous avons. pour estre enseigne
aux enfans et cest vous mon tres ame a qui je donne ce soin.
Le 20 Aoust 806 Carlemagne Rex.

et l'autre au sud. Je vous engage à conserver ces écrits comme objets précieux et à m'en faire des copies fidèles.

R
K + S
L

ALCUIN

[*A Charlemagne*].

Sire,

Selon le désir que m'a tesmoigné Vostre Majesté, que l'on enseigna par toutes les escholes de vostre royaume le système d'Abacus et que simultanément aussy on fit congnoistre aux escholiers les nouveaulx chifres imaginé par Pythagoras et que Boèce nous a transmis en ses escriptz, me suis apliqué à reconstruire ce traicté d'Abacus selon Boèce et j'ai dessein, puisque le permettez, en envoyer diverses copies dans les monastères enseignant afin de le propager et j'aurois dessein d'envoyer aussi en diverses universités aulcuns de mes disciples jà initié à ces sortes d'estudes pour les expliquer.

C'est pourquoy, Sire, je fais à Vostre Majesté icelle letre afin de l'en informer et la prierai me faire response si elle est d'avis contraire.

Sur ce, je prie Dieu avoir Vostre Majesté en ses bones graces.

Ce 8 septembre 780.

ALCUIN.

HÉLOISE

A mon doulx et très amé Abaillard.

Mon doulx amy,

Je vois que je n'estois pas née pour estre heureuse, je viens d'en faire l'épreuve. De l'état le plus brillant, où j'estois, je tombe tout à coup dans les plus grands tormens par suite des affreux suplices qu'on vous a fait endurer. Ah ! que les hommes sont cruels, mon doux amy, vous avoir fait suporter telles souffrances. Si vous ne pouvez y survivre, je n'y survivray non plus.

Du reste et quant mesmes, je veux mourir, ouy, mourir pour ce monde impitoyable. Ma résolution est bien prise, ains que jà vous en ay parlé. J'entre au couvent pour n'en jamais plus sortir, car un malheur si soudain, si imprévu, m'enlève tout espoir de bonheur.

Ce n'est pas le bien que mon oncle m'a retiré que je regrette, vous devez en estre persuadé, mais ne dois je pas me plaindre contre le destin qui me ravit non seulement un amant, mais un époux devant Dieu, que j'aime si tendrement, car de croire que votre amour survivra à l'épreuve d'un pareil coup, ce serait trop se flatter. Hélas ! faible ressource que les attraits, quand on n'a plus rien pour les satisfaire : il me reste encore assez de bien pour aller me jeter dans un cloistre, dans le déplorable [état ?] où je me trouve c'est l'unique partie que j'aie à prendre. J'y pleurerai mes malheurs, j'y pleureray mon doulx amy, heureuse si je puys parvenir à recouvrer un repos qui va estre désormais l'objet des miens désirs.

Ne m'oubliez pas, mon doulx amy, si le courage ne vous abandonne, escrivez moi souvent, faites moy part de vos pensez. Ce sera pour moy grandes consolations. Adieu, adieu, que le Seigneur et la benoiste vierge Marie, sa mère, vous ayent en leurs bonnes grâces.

Ce X juin.

HELOYSE.

ABÉLARD

Pour le sainct Père le Pape.

†

Très sainct père,

Jà puis longtemps ay resolu vous escrire, car come il est dict en un commung proverbe : mielx vault s'adresser à Dieu qu'aus saincts.

Je viens donc dire à Vostre Saincteté que à l'imitation du très illustre Boèce ay escript un traicté de la Trinité afin d'expliquer ce mystère par la philosophie d'Aristote. Des gens jaloux de mes succès ont cherché à découvrir en ce livre des traces d'hérésie qui ne s'y trouve pas. Quoiqu'il en soit, j'ay esté en bute à toutes espèces de tracaseries puys aulcun temps, m'accusant de fausse doctrine, et on me livra mesme à la justice du Roy, soubz prétexte que non seulement j'estois accusé de fausses doctrines, mais aussy de crimes d'Estat, chose que ces sortes de gens ne cessent jamais de pratiquer. Enfin, on a répandu tant de médisance contre moy et on m'a rendu l'existance tellement amère que maintefois il m'a prins fantaisie abandoner le pais de la crestieneté où je voyois la religion du Christ si mécogneue, mais mon estoile ne m'a pas octroyé agir ainsy.

J'ay demandé de justifier ma doctrine dans une assemblée publicque : on me l'accorda et on convoqua un concile à Sens où le Roy assista mesme en personne. M. Bernard [1], abbé de Clairvaux, y fust mandé pour soutenir le roole d'accusateur. On lut devant l'assemblée plusieurs extraicts de mon livre, et, sans daigner m'entendre pour en doner l'explication, le concile condamna le mien livre au feu et moy contrains à me retiré dans une prison.

C'est pourquoy, très Sainct Père, je viens vous suplier d'intervenir en icelle condamnacion. Lisez vous

1 Il s'agit de Saint Bernard.

mesme ce livre ou le faictes lire par personne partiale et verrés s'il y ha matière à telle condamnacion.

Sur ce, très Sainct Père, bien aurés mérité de Dieu et des homes et prieray à tousjours pour nostre Seigneur vous avoir en ses graces esternellement.

Ce X novembre 1140.

P. ABEILARD.

GERSON

Du péchié de luxure.

Se tu as dict ou plaisamment ouy paroles trayans à luxure ou as eu baisiers, ou embrassement, ou autres attouchemens luxurieux, principalement se tu as pensé longuement aux pechié de luxure pour prendre mauvaise plaisance ou d[él]ectation, se par pensées, ou par regars, ou par parolles, ordres ou autres cignes tu as sentu en toy mouvement de ta chair et ne les a mye ostez de tout ton cueur, ne fuy telles occasions mais les a acquises, se tu as eu par tels mouvemens ou tentacions esmouvement en luxure ou desirant le fait se tu le povoies ou osoyes faire, se tu as eu par aulcun attout[c]hemens ou frolement déshonnestes sur tes membres honteux et ce jusqu'à l'accomplissement de l'orde plaisance charnelle et coment, alors t'es rendu coupable du péchié de luxure.

JEHAN GERSON.

TALBOT

[*A Bedford*].

Sir duc de Bedford,

Ce mot que je vous fais à la haste est pour vous anoncer triste nouvele. Force nous a esté de lever le siège de la ville d'Orliens et nous sauver en désordre, moy à Meung et le comte de Suffolk à Gergeau. Le sir de Glacidas a esté tué et n'ay encore aucune nouvelle de lord Poll ny des siens ; peut estre Vostre Seigneurie en aura-t-elle receu.

C'est le VIIIe jour de ce present mois que force nous a esté d'abandoner icele ville. Jà la veille, quatre cens Dunoys et Chartrains comandés par Sir Florent d'Illiers y avoient pénétrés les premiers par escalade et ouvrir les portes au fort de l'armée, à la teste de laquelle Jehane la Pucele, le conte de Dunoys, Lahyre, Xaintraille et autres chefs des françois, qui, enhardis par l'exemple et l'élan que donoit la donzele, culbutoient tout sur leur passaige. Or nos soldats épouvantés et frapés d'une terreur panique ont fuys, laissant bagaiges et vivres, malgré tous nos efforts.

Tel est, sir duc de Bedford, le triste récit que je vous fais à mon grand déplaisir. Dieu vous garde.

Ce x de may, MCCCCXXIX.

TALBOT.

JEANNE D'ARC

I

[*A ses parents*].

JHESU | MARIA.

Cher pere et chère mere,

Quoyque je n'aye ancore de vous aulcune nouvelles, le tems ne l'ayant permys, je veulx bien vous faire encore cette lettre pour vous dire que d'icy deulx jours nous nous remettrons en route. Le Roy ayant fait mander des nobles et des gendarmes, de toute part on est venu se rendre à ses ordres.

Je veulx bien vous dire que le Roy m'a fait appeller en audience particulière. Il m'a longuement parlé de la guerre et des affaires de France, en me louant de ce qu'il appelloit mes hauts faits. Je remarquay que sa contenance estoit embarrassée. Je devinay facilement le motif de la faveur qu'il me faisoit de m'appeller ainsy en audience particulière. C'est une marque d'estime peu usitée ; mais je n'eus garde de le presser de s'expliquer, ny mesme de luy en laisser saisir l'occasion, comme devez bien le croyre, quoy que je restay pres de deulx heures seule avec luy ; nostre entretien s'es porté sur les moyens à prendre de chasser les Angloys de France et luy ay revelay un songe mysterieulx qui m'estois venu jà puys longtemps qui me l'indiquoit. Il a compris ce dont je voulois faire. Il m'a donné le commandement des troupes, de concert avec Monseigneur le duc Jehan d'Alençon, avecq ordre de chasser les Angloys des bords de la Loire et, comme je vous l'ay dit, d'icy deux jours nous nous remettons en route.

Sur ce, trés chers Parens, je prins Dieu vous avoir en ses bonnes grâces.

Ce xx may 1429.

JE | HANE.

II

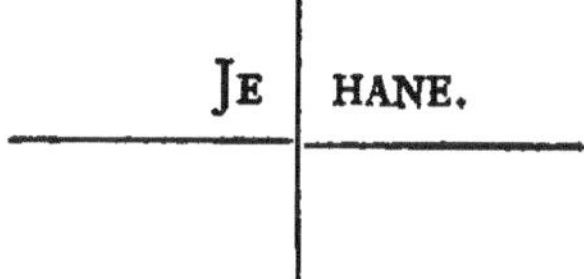

Aux Parysiens de la part de Jehanne, dicte la Pucelle.

JESUS † MARIE.

Braves Parysiens, soyez et restez en repos. L'armée de vostre roy est arrivée devant Paris et est céans campée entre le village de la Chapelle et la porte Saint-Honoré. Moy-mesme vient d'aborder la butte des

Jesus Maria

Sires chevaliers. Parys est a nous !
vous y coucherez sans faulte. Tojours mesme
cela est vray come a pareil jour la mere
de dieu est nee. Le VIIIme jour du moys
de septembre dieu soit loue

Jehanne

Aux ducs de Borbon & alencon de la tremoille
et aux comtes de vendosme et de laval et
seigneurs de Rays et de Boussac. de part
Jehanne d'Arc la pucelle

Moulins. Parys est à nous, demain nous y coucherons, cela est vray comme à pareil jour la mère de Dieu est née.

Ce septième jour de septembre.

JEHANNE.

†

III

Aux ducs de Borbon, d'Alençon, de la Trémoille et aux comtes de Vendosme et de Laval et seigneurs de Rays et de Boussac, de part Jehane d'Arc la Pucelle.

JHESU | MARIA

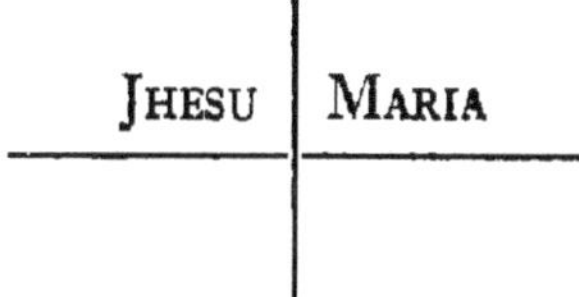

Sires chevaliers,

Parys est à nous !

Vous y coucherez sans faulte le soir mesme. Cela est vray come à pareil jour la mère de Dieu est née.

Ce VIIIe jour du moys de septembre.

Dieu soit loué !

JE | HANE.

AGNÈS SOREL

A Mr Jacq. Cuer, trésorier.

Monsieur le Trésorier,

Je reprens le récit que me fis Jehane d'Arc de son séjour à Poictiers et de son interogation par les docteurs : « le lendemain de mon premier interrogatoire, me dit-elle, le carme et le frere prescheur revi[n]rent me voir, et ce fust le frere prescheur qui alors m'interrogea à peu près sur les mesmes questions et me reprit en me disant : « Pourquoy appelez vous Dauphin, le Roy nostre Sire ? » — « Je luy répondit, dit-elle, je le nomeray Roy que quand il aura esté sacré et couronné. »

— « Jehanne, repris le carme, vous demandez des gens d'armez et nous dictes que la volonté de Dieu est que les Angloyz soyent chassés de ce royaulme ; mais si ce que vous dictes est vray, sa volonté ne peut elle donc pas suffir ? Qu'avez vous besoing de gens d'armes ? »

— « Les gens d'armes combattront, répondit-elle, et Dieu leur donnera la victoire sur les enemys. »

Voilà, monsieur le Trésorier, le récit que me fiz Jehane d'Arc de son séjour à Poictiers. Je vous marqueray doresnavant ce qui se passa devant Orléans.

Adieu.

Ce X juing 1431. AGNES.

CHRISTOPHE COLOMB

A M. Rabelais.

Ce xx novembre.

Mon jeune amy,

Je reprens le récit de mes adventure que désirez tant connoistre. Vous disois doncques que j'estois de retour en Espagne et que ji fus repçeu à la cour, où le Roy, la Royne et tout chascun furent esmerveillés des nouvelletés que j'apportay.

On loua fort les perroquets pour estre de plusieurs belles couleurs, aulcuns d'ung verd luisant et autre d'ung vif rouge outre-meslé de diverses naïfves couleurs et qui resembloient peu à ceux qu'on connoissoient jà, venant d'autres contrées.

Les connils que j'apportay estoient petits, ayant les oreilles et la queux comme ung rat et la couleur grise. On loua aussy grandement les coqs que j'apportay qui sont meilheures que les paons et on fust esmerveillés surtout de voir ces hommes que j'amenay avec nous, lesquels portoient petites boucles en or aux oreilles et aux narines percées à ces fins et qui n'estoyent ny blanc ny noirs, mais come de couleur olives ou de coins cuits.

Le Roy estoit fort attentif au récit que je luy faisois, s'esmerveillans de ce que ces peuples n'avoyent habits, lestres, ne monnoye, ne fer, ne bled, ne vin, ne animal aulcun qui fust plus grand qu'ung chien, ne grand navire, et ne peut avoyr patience quant il ouyt dire qu'ils se mangeoient l'ung l'autre et que tous estoyent idolastres et me dit que, si Dieu le faisoit vivre et luy prestoit santé, il osteroit cette abominable inhumanité et déracineroit l'idolastrie de ces terres qui viendroyent à sa domination et puissance. Enfin il me reçu fort galamment.

Sur ce, je vous salue.

XPO COLOMB.

AMÉRIC VESPUCE

A maistre Fr. Rabelais.

Mon jeune cadet,

Vous me mandez qu'avez escript à Monseigneur de Lorrayne au subjet de ce que le nouveau monde devoit s'appeller plustost Colombie du nom du premier navigateur qui l'avoit découvert que Americq. Il m'en a escript aussitost, me disant ne rien changer à son escript, et il a deu vous faire la réponse que ce qui estoit escript estoit bien escript, mais, come le voyez, je ne suys pour rien en icelle dénomination.

Vous me mandez aussy en une seconde missive qu'avez cogneu le très illustre Christophe Colomb alors qu'estiez prisonnier de guerre en Espagne quelques années avant le trespassement d'iceluy, qu'il vous avoit fait le récit de ses découvertes et que mesme il vous en donnast la relation par escript ; sur ce vous ajoustez qu'une de mes relacions est toute la mesme chose qu'une des siennes. Cela ne doibt vous estonner en rien.

D'abord vous diray que le très illustre Colomb estoyt myen bon amy, que c'est à son exemple que j'ay entreprins mes voyages et que l'ung d'eux se fist mesmes soubz ses ordres, m'estant embarqué avecq luy come astronosme et géographe : il n'est doncq pas estonnant se nos relacions se rapportent et se resemblent.

Vous me mandez aussy, mon jeune cadet, se je veux bien vous instruyre sur la manière dont je pense que le nouveau monde a esté habité. Je vous le diray en une autre missive, car je voys qu'avez l'esprit diligent et qu'aymez estre renseigné sur toutes choses, ce doncq je vous félicite.

Sur ce, mon jeune cadet, je vous souhaite le bonjour.

Ce XX mars 1508.

AMERIC VESPUCE.

DURER

A maistre Pierre Arétin.

Mon ami,

J'ay appris que vous alliez en France, c'est pourquoy je vous envoye quelques lettres de recommandation pour des amys que j'y ay et j'espère que vous serez bien reçu d'eux. Je vous envoye aussy quelque argent, car je n'ignore pas que vous en aurez besoing. Je vous prie donc l'avoir pour agréable.

Mon amy, vous ne voulez donc pas devenir raisonnable ? Vous faites toujours ou le meschant ou l'aymable, le meschant avec ceux qui vous veulent du bien et l'aymable avec ceux qui vous pousse dans la mauvaise voye. Mais songez-y donc, mon cher Arétin : l'amabilité vous sied comme la civette aux lanquenets.

Vous faites le meschant avec le Roy de France qui, comme vous le sçavez fort bien, est le meilleur roy du monde et le mieulx intentionné pour vous, sy vous aviez sçeu le comprendre. Mais non ! vous semblez vous mocquer de ce qu'il fait pour vous et en abusez. Vous faites l'aimable, vous vous habillez et vous vous pavoisez de rubans pour courir les ruelles come ung estourdy. Décidément vous voulez devenyr irrésistible et vous croyez que tout est dit, lorsque vous estes parvenu à plaire à quelques femmes de mœurs faciles, et encore vous devriez avoir honte de n'estre pas plus raisonnable à vostre aage. Sçachez que vous n'avez pas plus de grâce à faire toute vos fredaynes qu'un gros bouledogue à jouer avec le petit chat.

Quoy ! Vous osez porter les traits de la satyre jusques sur les actions des souverains. C'est avec raison qu'on vous a surnommé le fléau des princes. Quoy ! vous recevez leurs présents et vous les insultez.

Ce n'est pas ainsy, mon cher amy, qu'on doibt se conduire, croyez-moy. Changez de manière ; puisque vous vous proposez d'aller en France, visitez le roy. Il vous recevra bien, soyez en assuré, et vous mettra à mesme de passer une vie plus heureuse que celle que vous menez. Remettez luy la lettre que je vous envoye pour luy et lorsque vous y serez, escrivez moy vostre réception. Je voudrois apprendre que vous estes aussy rangé que moy. Je ne vous dis rien de plus.

Je vous fais cette lettre en françois, parce que je sçay que vous aymez cette langue plus que toutes autres et que vous vous plaisez à vous y bien familiariser. Je vous en félicite du reste, car c'est la plus universalement connue depuis longtems.

Maintenant, je suis vostre serviteur. Il faut que j'aille me coucher et sonne huit heure de la nuit. Adieu et bon voyage.

Ce x juing.

ALBRECHT DURER.

[NOTE DE RABELAIS :]

Cette lettre que j'ay trouvée parmy les papiers de. Piere Arétin est fort intéressante et de bon aloy. On voit qu'Albert Durer qui l'a escrite pour ledit Piere Arétin estoit homme de bon conseil.

R.

MARTIN DU BELLAY

A maistre Françoys Rabelais.

Maistre Françoys,

Ce que m'avés envoyé hier touchant l'empereur Charles-Quint et ses relations avec son ambassadeur de France et les papiers minutes du roy de France, Françoys Ier, me font bien plaisir. Mercy bien, de tel obligeance et courtoisie de vostre part.

Les poésies du roy François que me dites vouloir garder me ferons aussy plaisir à voir, comme bien le pensez, mais ne veulx vous en priver. Seulement je me rendray à Langey le moys de mars prouchain. Vous prieray d'y venir et ensemble nous compulserons ces papiers. Mon neveu Joachim y sera aussy.

Ne vous dis rien de plus, sy ce n'est persister en vos recherches et peregrinations qui me causent tant de satisfaction.

Je vous salue.

Ce 2 mars.

MARTIN DU BELLAY.

CHARLES-QUINT

A maistre François Rabelais, docteur en toutes sciences et bonnes lettres.

Maistre Rabelais,

Vous qu'avez l'esprit fin et subtil, me pourriez-vous satisfaire ? J'ay promis 1.000 escus à celuy qui treuvera la quadrature du cercle et nul mathématicien n'a pu résoudre ce problesme. J'ay pansé que vous qui estes ingénieux en toutes chose me satisfairiez, et, si le faicte, forte récompense en recevrez. Que Dieu vous vienne en ayde.

Le x septembre 1542.

CHARLES.

RABELAIS

I

A maistre Martin Luther.

Maistre Luther,

Jà vous ay dit maintes fois et puys longtemps que je ne voulois nullement me mesler des affaires de religion ny de controverse, mais, puisque avez daigné cependant m'envoyer vostre pamphlet intitulé : *Adversus papalum Romæ a satanum fundatum* etc., je vous promets lire iceluy manuscrit et vous en diray mon advis. Ce attendant, je vous prie recevoir mon salut.

Je suis, Monsieur, votre bien humble serviteur,

F. RABELAIS.

II

[*A un ami*].

Mon compère,

Vous qui du tems qu'estiez icy m'avez maint foys soubmis des problesmes soudre, vous soumettray a mon tour cestuy-cy :

Je cognais ung chemin qui n'eust jamais d'ornière
Toux doux, ung peu tordu, sans crotte et sans pous-
Sur ce chemin point de voleurs, [sière.
Point de carosse ni charettes,
Point de cabriole ny d'estafettes,
Point de bœufs, ny de paveurs.
Mais notez bien sur toute chose
Et daignez croire ce qui suit :
Le chemin marche jour et nuit
Et le voyageur s'y repose.

De vous j'attens l'explication de ce et vous prye

d'estre assuré que je suys, come toujours, vostre bon compère.

F. RABELAIS.

De Langey, ce 7 novembre.

Comme c'est la foire bientost à Courtalin, je vous promet y aller et vous diray bonjour.

BRANTOME

[*A un ami*].

Monsieur,

Je me souviens qu'une fois le Roy estant aux bains de Borbons, feu mon cousin de la Chasteigneraye eust une querelle contre Pardaillan. La reine Catherine de Médicis le fist chercher partout pour luy défendre de ne se pas batre sur la vie, mais, ne s'estant pû trouver par deux jours entiers, elle le fist guester sy bien qu'un dimanche matin, luy estant en l'isle de Louviers atendant son ennemy, fust surprins là en son giste par le grand prevost qui l'emmena prisonnier par le commandement de ladite Reyne dans la Bastille qui estoit non loing de là. Mais il n'y demoura qu'une nuict pourtant, car, l'ayant envoyé quérir près d'elle, elle luy fist grande réprimande de moitié aygre et moitié douce, selon son caractère qui estoit bon et rude quand elle vouloit. J'en parle savament, car j'y estois pour seconder mondit cousin, duquel j'estois l'aisné et partant devois estre le plus sage et luy doner conseil.

Ne vous die rien de plus sur ce et vous salue.

BOURDEILLE.

DIANE DE POITIERS

Pour mon Roy.

Mon souverain bien amé,

Vous ne pouvez doubter combien suys désolée, apprenant vostre départ prouchain pour les pays de Lorrayne et circonvoysin. J'en ay le cueur contrye et bien devez le penser ; et j'ay peyne à m'y resoudre, o mon bien amé. Les vers que m'avez fait remettre par vostre porteur m'ont fait grand plaisir ; mercy. Je veux demain vous voir avant l'aurore si cela se peulx. J'attendray vos ordres ce soyr ou, sy mieux voulez-vous venir, je vous attend de grand impatience.

Adieu, mon souverain bien amé.

Vostre bien affectionné,

DIANNES DE POYTIER.

Ce X Feuvrier 1552.

ROTROU

A Monseig^r le C^l de Richelieu.

Monseigneur,

Je vous ay dit qu'au moyen-âge il se forma des sociétés ou académies pour juger du succès de celuy des sçavans qui avoit le mieux traicté ce qu'on appeloit alors le chant Royal.

Ce fust en 1324 que Clémence Isaure, de la maison des comtes de Toulouse, convoqua tous les poètes, et les trouverés du voisinage de Toulouse, et promist de donner une violette d'or à celuy qui feroit les plus beaux vers. Elle donna un fond dont le revenu devoit être employé à ce prix.

Après la mort de cette illustre dame, dont la mémoire est si célèbre, les magistrats de Toulouse ordonnèrent que tout ce qu'elle avoit institué seroit exactement observé à l'advenir. Ceux qui jugeoient des ouvrages estoient appelés les mainteneurs de la gaye science. Celuy qui remportoit le prix estoit reçu docteur en science gaye ; on demandoit le doctorat, on estoit reçu et les lettres estoient expédiées en vers. Celuy qui remportoit le premier prix estoit honoré du nom de Roy.

Telle est, Monseigneur, le commencement de ces sociétés ou académies. Ne vous semble-t-il pas qu'il seroit bien d'en establir de semblables, ou sinon une à Paris ? Je vous laisse y penser.

Je suis, Monseigneur, votre très humble serviteur,

ROTROU.

II

A Monseigneur le cardinal de Richelieu.

Ce 27 avril.

Monseigneur,

J'approuve l'idée que vous avez conçue d'establir à Paris une académie à l'instart de celle qu'establit Clemence Isaure à Toulouse et ce sera un grand bien faire aux lettres. Et je ne doute pas que la postérité vous en sçaura beaucoup de gré. Je m'estime heureux que ma précédente lettre vous ay suggeré cette noble idée.

Vous me mandez si dans les recherches que j'ay faites au subjet de la fondation de ces sortes de sociétés ou académies, j'ay trouvé comment se pratiquoit les statuts ou plustost les réglements de ces sociétés et dans quelle condition se faisoit cet espèce de combat d'émulation. Selon ce que j'ay observé : on faisoit ordinairement un chant de trois ou quatre stances ; le dernier vers de la première devoit servir de refrain aux autres, et cet ouvrage estoit appelé chant Royal, parce qu'ordinairement on l'addressoit au Roy. On fit ensuite des balades qui estoient moins longues que le chant Royal. Ordinairement à la fin de ces poemes on mettoit en cinq vers un abbrégé du sujet qu'on appeloit *envoy*, parce qu'on l'addressoit au Roy pour se le rendre favorable.

Voilà, Monseigneur, ce que je sçay.

J'ay bien l'honneur d'estre votre très humble serviteur,

ROTROU.

SAINT VINCENT DE PAUL

Au Roy.

Sire,

J'ay eu ce matin mesme une lettre de Nostre Saint Père le pape qui me faict excessivement plaisir, pour ce que Sa Sainteté daigne exaucer ma prière et prendre sous sa protection l'établissement que je luy avois recommandé.

Je ne doute pas que l'empressement et la bonne volonté que Sa Sainteté a mise en ceste affaire n'émane de vostre recommandation. Aussy je m'empresse de faire ce mot à Vostre Majesté pour luy en tesmoigner toute ma joie et l'assurer que j'en garderay un éternel souvenir.

Je ne dis rien de plus ce jourd'huy à Vostre Majesté, si ce n'est pour l'assurer que je suis et seray éternellement,

Sire,
de Vostre dite Majesté,
Le très humble, très dévoué et très affectionné serviteur et sujet,

VINCENT DE PAUL,
Indigne prestre de la mission.

CHAPELLE

[*A une amie*].

Ce 4 juin.

Mademoiselle,

Avez-vous leu ce vers du satyrique Regnier :

Un jeune médecin vit moins qu'un vieil ivrogne.

Si le nombre des médecins qui se sont enivrés pouvoit vous persuader, je pourrois vous en citer d'illustres.

Je vous ay déjà parlé d'Avicenne. Cet excellent médecin croit que le vin est un bon préservatif contre les maladies et d'un admirable usage dans leur guérison.

Hippocrate, le célèbre Hippocrate, ne nous ordonne-t-il pas de nous enivrer une fois tous les mois. Car, selon luy, une douce chaleur ressentie en sortant de table fait qu'on pense avoir pris de ce nectar potable qui chasse la douleur et triomphe des ans.

Je m'arreste icy et j'attens vostre réponse.

Adieu.

CHAPELLE.

NINON DE LENCLOS

I

A M. le M. de Villarceaux.

A Picpus, ce 11 décembre 1650.

Monsieur,

Je n'ay pas eu de lettres hier matin. Vous sçavez qu'il m'en faut une à mon réveil. Vous êtes fort sensible aux inquiétudes que vous causez. Je n'aurois jamais cru que les suites d'un retour si désiré seroient accompagnées d'autant de peines. Voilà les effets d'une longue absence, et, après vous estre occupé sans cesse d'objets étrangers à moy, ma présence ne pourra pas empescher de nouvelles distractions.

Quelque chose qui arrive, ou je perdrois tous mes droits sur vostre cœur, ou personne n'en aura. Soit sous le nom de l'amitié, de l'estime, toute espèce de sentiment me déplait également. L'amitié exige des soins, une confiance entière, des sacrifices mesmes : l'amant que mon cœur a choisi ne formera pas de ces sortes de liaisons.

Si lorsque je vous ay connu, vous aviés eu une amie, je n'en aurois pas esté jalouse ; mais au moment où mon cœur est le plus enflammé pour vous, vous voulez faire vostre amie intime, dites-vous, de mademoiselle d'Aubigné, l'amour ne peut plus vous suffire : grand Dieu ! Comme on se trompe soy-mesme avec ces amitiés là !

Mon cher Villarceaux, si vous m'aymés encore, vous n'aurez point une aussy belle amie. C'est de la tyrannie, dirés vous ? Ouy, tel est mon caractère. Si j'ay beaucoup de droits, j'en abuseray ; si j'en ay de foibles, je les abandonne.

Adieu, mon cher Villarceaux, venés me voir ou escrivés moy de suite.

Je suis toujours vostre très affectionnée,

A. DE LANCLOS.

II

A Saint-Evremont.

Ce 22 juin.

Vous me mandez, mon cher St-Evremont, si je m'occupe d'escrire le caractère de Monsieur de Labruyère, ainsy que je vous en ay parlé la dernière fois. Je vois que vous avez pris ce que je vous ay dit à lettre, mais je n'ay pas encore commencé. Je ne dis pas ouy, je ne dis pas non.

A propos de Monsieur de Labruyère, on m'a dit qu'il s'occupoit à refaire des chapitres de Montaigne. Vous devez le sçavoir, vous, car je sçay que vous estes fort en son amitié. Sans doute vous en aura-t-il parlé, et dans ce cas je vous prieray de m'en instruire et si par hazard vous aviez quelques-uns de ces chapitres là, je vous serois très obligée de me les communiquer. Je serois curieuse de sçavoir comment il s'en seroit acquitté. Je ne vous escris rien plus. J'attens votre réponse et vous souhaite le bonjour.

ANNE DE LANCLOS.

PASCAL

I

A Sa Majesté la Royne Christine.

Ce 22 septembre 1650.

Madame,

Selon moy l'art de penser est la base de l'art d'écrire. Les rhétoriciens qui ne savent pas cela me font pitié.

M. Descartes nous a rendu le double service de donner à la pensée de la justesse et de la liberté. Sa méthode est si sûre qu'il luy doit une partie des charmes de son style. M. Descartes a été l'amy de M. de Balzac ; et le philosophe escrivoit, à mon sens, beaucoup mieux que l'homme de lettres. Je ne serois pas embarrassé de prouver, si je le voulois faire, combien l'élégante simplicité de M. Descartes est préférable à l'emphase pénible des lettres de M. de Balzac. J'examinerai cependant en son lieu le mérite de ce dernier. Mais je reviens à M. Descartes.

En écrivant pour les hommes qu'il vouloit éclairer et rendre meilleurs, il cédoit à un besoin impérieux ; mais combien de fois il fut sur le point de s'en repentir. Souvent il résolut de ne rien faire imprimer et il ne céda jamais qu'aux plus pressantes sollicitations de ses amis. Souvent il regretta son loisir qui luy échappoit, disoit-il, pour un vain fantosme de gloire. Je ne veux rien vous dire de plus cejourd'huy, Madame, sur ce grand homme que du reste vous avez sceu apprécier. Je termine donc cette lettre en vous assurant de mon affection.

Je suis, Madame, de Votre Majesté, le très-humble et très-obéissant serviteur,

PASCAL.

II

Au jeune Newton, estudiant à Grantham.

Paris, ce 20 may 1654.

Mon jeune amy,

J'ai appris avec quel soin vous cherchiez à vous initier aux Sciences mathématiques et géométriques et que vous désiriez approfondir sciemment les travaux de feu M. Descartes. Je vous envoye divers papiers de luy qui m'ont esté remis par une personne qui fut un de ses bons amis. Je vous envoye aussi divers problesmes qui ont esté autrefois l'objet de mes préoccupations touchant les lois de l'abstraction [1], afin d'exercer vostre génie. Je vous prieray m'en dire vostre sentiment. Il ne faudroit pas cependant, mon jeune amy, fatiguer trop vostre jeune imagination. Travaillez, estudiez ; mais que cela se fasse avec modération. C'est le meilleur moyen d'acquérir et de profiter des connaissances qu'on acquiert.

Je vous parle par expérience. Car moy aussy dès ma jeunesse, j'avais haste d'apprendre, et rien ne pouvait arrêter ma jeune intelligence, si je puis parler ainsy. Aujourd'huy je ressens avoir trop surchargé ma mé-

1. L'attraction.

moire, et elle commence à me faire défaut, au moment où j'en aurais le plus besoin.

Je ne vous dis point cela, mon jeune amy, pour vous détourner de vos estudes, mais pour vous engager à estudier modérément. Les connaissances insensiblement et avec le temps. Ce sont les plus stables. Je ne vous en dis pas davantage, mon jeune amy, si ce n'est d'estre assuré de mon affection.

PASCAL.

III

[*A Gassendi.*]

Ce 24 janvier 1655.

Monsieur,

Je vous ai déjà entretenu autrefois d'un jeune estudiant anglois nommé Isaac Newton qui m'avoit soumis quelques mémoires sur le calcul de l'Infini, sur le traité du système des tourbillons et sur l'équilibre et le pesanter des liquides, etc., dans lesquels mémoires j'avois trouvé des traits de lumière si sensés et si subtiles que j'en estois resté tout stupéfait, au point que je ne pouvois croire que ces travaux me vinssent d'un jeune homme encore studiant. En ayant esté assuré par nostre amy M. Boyle, alors je m'empresse de répondre à ce jeune sçavant ; et comme il m'a tesmoigné le désir de faire vostre connoissance dans la dernière lettre qu'il m'a écrite et de vous faire parvenir une lettre qu'il vous destine, je vous l'envoye et vous recommande ce jeune sçavant comme une jeune plante qu'il faut cultiver avec soin dans l'intérest de la science. Je vous envoye aussi diverses notes, fruit de mes observations depuis quelque temps, que je vous prie avoir pour agréable.

Je suis comme toujours, Monsieur et cher Gassendi, vostre bien affectionné,

PASCAL.

IV

Au jeune Newton, estudiant.

Ce 2 décembre 1657.

Mon jeune amy,

Je vous fais parvenir par l'intermédiaire d'un de mes amis qui va faire un voyage en Angleterre une liasse de petits escrits que j'ai réunis à votre intention et pour servir à votre instruction, ainsy que vous me l'avez tesmoigné par une de vos lettres. Ce sont des notes, réflexions et pensées touchant les sciences, entr'autres les lois de l'attraction et de l'équilibre. Je vous engage à les lire avec attention et j'ose espérer que vous y trouverez quelque chose qui vous sera agréable et vous portera à réfléchir sur le système du monde. Tel est mon désir. Je vous prie, mon jeune ami, m'escrire chaque fois que vous en trouverez l'occasion. C'est vous dire assez combien vos lettres me sont agréables.

Je suis comme toujours votre bien affectionné,

PASCAL.

V

[*A Newton.*]

Ce 20 mars 1659.

Je vous avois déjà dit, Monsieur, que j'avois abandonné mes anciens travaux scientifiques pour me livrer à d'autres études. Mais le désir que vous me témoignez de connaître mon sentiment sur feu Monsieur Descartes et l'hommage que j'aime lui rendre, parce qu'il a agité le flambeau du génie dans l'abîme de la science et qu'il en a éclairé les profondeurs, me fera quitter de temps à autre mes nouvelles estudes pour reprendre les anciennes. C'est vous prouver combien je tiens à vous être agréable. Je fixeray d'abord vos regards sur les travaux et les découvertes de ce grand génie ; ensuite je vous les feray porter sur sa morale qui a le rare avantage d'avoir été confirmée par l'exemple de sa vie.

Avant Descartes, les ténèbres étoient répandues sur la face de l'Europe ; les hommes, aveugles adorateurs d'Aristote, rampoient devant ses décisions obscures et se traisnoient depuis deux mille ans sur ses vestiges. La raison condamnée au silence se trouvait abattue sous l'autorité qui protégeait l'erreur. Une démence plus triste qu'une ignorance absolue faisoit croire qu'on pouvoit dans des livres inintelligibles embrasser la science universelle. Une espèce d'idolâtrie consacrait des mots vuides de sens comme des oracles. Ceux qui par estat devoient éclairer la nation lui présentoit des mots sans idées et dont ils se payoient les premiers. La logique, confuse, embarrassée, était barbare et ridicule ; la métaphysique, un assemblage de questions bizarres et frivoles ; la physique, malgré quelques lueurs, un enchaînement de rêveries. C'estoient des qualités occultes qui régissoient la nature, une doctrine subtile et raffinée. Tel étoit l'aliment, vuide de substance, dont se nourrissoient des esprits opiniâtres et surtout violemment amoureux de la dispute, au moment où Descartes fit briller une nouvelle clarté, ainsy que nous le verrons.

Je ne vous dit plus rien cejourd'huy, Monsieur et jeune amy, et suis vostre bien affectionné,

PASCAL.

VI

[*A Newton.*]

Ce 29 may [1659 ?].

Je vous ay dict, Monsieur et jeune amy, que Descartes nous avoit donné la clef des hautes sciences. Et en effet, c'est luy qui appliqua l'algèbre et la géométrie à la physique. Avec de telles connaissances, nous pouvons maintenant pénétrer dans les routes de l'infini, nous tenons le fil de ces connaissances sublimes qui estonnent ceux mesmes qui les trouvent. Par ce moyen, la marche de l'univers maintenant sera réglée et l'esprit de l'homme est agrandi.

Descartes a plus fait en un instant que n'ont fait les siècles précédents. Il a découvert un nouveau monde. L'Europe est partagée entre l'étonnement et l'admiration. Sa vue profonde et sa sagacité l'ont déjà élevé au-dessus de tous les esprits de nostre siècle. Ils ne conçoivent pas même ce qu'il a imaginé. Il a fait ces grandes choses, et je le vois encore dans sa première jeunesse, au milieu des murs de l'école, toujours guidé par cette justesse d'esprit qui le caractérisoit. Il forma le projet d'applanir les difficultés qui croisent les opérations de l'esprit, ainsi que je vous le démontreray dans une autre lettre.

Je suis, Monsieur et jeune amy, vostre bien affectionné.

PASCAL.

NEWTON

I

A Monsieur Pascal.

Ce 12 mars 1661.

J'ay appris, Monsieur, à mon grand déplaisir, que vous estiez toujours souffrant. C'est sans doute là le motif pour lequel puis long temps je n'ay reçu de vos lettres. Me sera-t-il possible d'en recevoir encore ? Ce seroit cependant un grand plaisir pour moi. Si ce n'est la cause de vostre maladie qui vous empesche de m'escrire, serois-ce que vous auriez à vous plaindre de quelque chose à mon vis à vis ? Je ne crois l'avoir mérité en rien. Les services que m'avez rendu sont trop grands pour que j'aye usé d'insivilité envers vous ; ou alors ce seroit par ignorance, mais non par volonté. Je sçay que vous m'avez escrit autrefois que vous aviez abandonné les sciences pour vous livrer à d'autres estudes qui ne sont sans doute plus en rapport avec les miennes. Si c'est là le motif, je le regrette ; mais n'en suis et n'en seray pas moins toute ma vie votre admirateur et votre très humble et très affectionné serviteur.

ISAAC NEWTON.

II

A Monsieur Blaise Pascal, à Paris.

Ce 8 may 1661.

Monsieur,

J'ay appris par un de vos amis, et cela avec beaucoup de peine, l'estat de souffrance où vous vous trouvez. J'en suis très affecté, je vous assure : vous à qui je dois tant de bons conseils et de bons enseignements ; aussy soyez bien assuré que je vous en garderay une éternelle reconnaissance.

Monsieur, je n'ai pas oublié qu'il y a quelques années vous m'avez fait remettre plusieurs manuscrits et un grand nombre de Notes : 200 pour le moins. J'ai consulté et compulsé avec soins et beaucoup d'intérêts tous ces documens qui m'ont initiés à certaines connaissances que j'ignorais et auxquels j'en suis redevable. Mais je ne me rappelle plus si vous m'avez permis de garder ces précieux documents ou si je dois vous les retourner. C'est à quoi je vous prie de me faire une réponse, s'il vous plaist. Car j'aurois un remord de conscience de les garder, sans estre bien assuré de vostre intention à ce sujet. J'attens, Monsieur, votre réponse avec grande impatience, et l'attendant, soyez assuré que je suis et seray toujours vostre très humble, très obligé et très affectionné serviteur.

ISAAC NEWTON.

LE ROI JACQUES II

I

[*A Newton.*]

A St-Germain, ce 12 janvier 1689.

Monsieur Newton,

J'ay reçu vostre lettre l'autre hier. Je suis bien aise que vous conveniez de vos relations avec feu M. Pascal. Du reste vous ne pouviez le nier, car on a icy des lettres de vous à cet auteur qui prouverois le contraire. Madame Perrier, sœur de Pascal, les a encore. Du reste aussy on m'a asseuré que vous estiez bien au fait de ce qu'on disoit en France à ce sujet.

Quoy qu'il en soit, un jour que je me trouvois encore seul avec le Roy de France, il a fait revenir la conversation sur cette affaire ; ce qui me tesmoigne qu'il l'a à cœur. J'ay fait tout ce qui dépendoit de moy pour vous excuser de cette expression dont vous vous estiez servy vis-à-vis de Pascal. Je crois que vous feriez bien de la rétracter par quelque moyen. Cela pourroit peut-estre appaiser les esprits.

Car, croyez-moi, Monsieur Newton, les sçavans de France sont tellement convaincus que Pascal s'estoit occupé avant vous de ce dont vous parlez qu'ils ne vous en donneront jamais le mérite. Il est resté des preuves de cela entre les mains de plusieurs personnes à qui Pascal en avoit fait part. Il y a donc apparence que vous serez repris. Je sçay mesme une personne, que je pourray vous nommer si vous le désirez, qui prépare un travail à ce sujet.

Je ne vous en dis rien plus aujourd'huy. Veuillez m'écrire, s'il vous plaît, et sans nulle cérémonie. Car, comme déjà je vous l'ay dit, cette manière m'est plus agréable avec vous ; et croyez toujours à mon amitié.

JACQUES R.

II

[*A Newton.*]

A St-Germain, ce 16 janvier 1689.

Monsieur,

Il y a quelques jours, j'avois préparé pour vous une lettre, lorsqu'on vint m'apporter la vostre, ce qui m'obligea d'en escrire une nouvelle. Par l'une et l'autre de ces lettres, je vous entretenois des bruits qui circulent contre vous, non seulement parmy les sçavans français, mais aussi à la cour, au sujet du mépris que vous avez cherché à jetter sur Pascal, qui est un sçavant fort estimé en France. Je vous engageois d'atténuer, s'il vous estoit possible, ces bruits qui sonnent mal à mes oreilles et me font grand desplaisir, non seulement à cause de moy, mais aussy de l'intérêt que je vous ay toujours tesmoigné.

On est outré contre vous, et on ne peut s'expliquer pourquoy vous avez cherché à denier vos relations avec M. Pascal, qui estoient, dit-on, si amicables, ainsy qu'on en a retrouvé les preuves parmy les papiers de cet autheur mis en ordre par sa sœur, Madame Perrier, et qui sont aujourd'hui entre les mains de M. l'abbé Perrier. Icy je rectifie une erreur qui m'est échappée dans ma précédente lettre. Je vous disois que ces preuves estoient encore entre les mains de Madame Perrier. C'est entre les mains de M. l'abbé Perrier que j'ay voulu dire. Quoy qu'il en soit, je vous le repette, Monsieur, on est très irrité contre vous du mépris que vous avez voulu jeter sur cet autheur. Tachez donc d'atténuer cela, s'il se peut. Car, je vous le repette, les propos sonnent mal à mes oreilles. Je vous prie de me répondre le plutost possible.

JACQUES R.

NEWTON

III

[*A Desmaizeaux.*]

Mardy soir.

Monsieur et cher Desmaizeaux,

J'ay réfléchy et me suis enfin décidé à escrire au Roy de France pour m'excuser des expressions dont je me suis servy dans ma lettre à M. Huygens, il y a quelques années, et qu'il a eu la maladresse de communiquer. Du reste, vous le sçavez vous mesme, je ne pensois pas injurier si gravement Descartes et Pascal en cette lettre, et j'estois loin de croire que le corps sçavant françois en pouvoit estre offensé, et encore bien moins le Roy Louis XIV. Quoi qu'il en soit, je tiens à m'excuser auprès de cette majesté et j'ay pour cela préparé un projet de lettre que je viens vous soumettre, pour que vous disiez à moy si elle est dans les convenances. Car j'ignore les usages françois.

Je vous communique aussy une douzaine de Notes touchant le système du Monde, que j'ay translaté en françois pour les envoyer au Roi Jacques qui m'a tesmoigné le desir de les avoir en cette langue pour en faire part, m'a-t-il dit, à M. de Colbert qui se pique d'estre un sçavant, à ce qu'on assure [1]. Je vous prieray de m'en dire vostre advis. Il n'est pas nécessaire que je vous envoye mon texte original. Vous avez sans doute encore la copie que je vous en remis autrefois. Lorsque vous aurez examiné tout cela, venez me l'apporter vous-mesme, je prie vous, parce que je desir m'entretenir avec vous. Tous ces bruits, ces propos m'inquiètent. J'avois penséque la mort de Mrs Rohault, Clerselier, Mariotte auroit mis du calme dans les esprits en France sur cette affaire. Il n'en est rien. Je ne suis pas esloigné de croire que M. Flamsteed est pour quelque chose en tout cela. Avez-vous reçu des nouvelles du père Malebranche ? Je vous prieray m'en faire part.

En attendant le plaisir de vous voir, je suis comme toujours, Monsieur, vostre bien affectionné,

NEWTON.

IV

A Sa Majesté le Roy de France.

Sire,

Il est vray que dans une lettre adressée par moy

1. Il s'agit sans doute ici de l'abbé de Colbert (1654-1707), frère du ministre, archevêque de Rouen, membre de l'Académie française et de celle des Inscriptions.

(Note de M. Chasles).

à M. Huygens, il y a quelques années, en luy parlant de Descartes et de Pascal, je me suis servy de certaines expressions qui ont pu déplaire aux sçavans de France et que Vostre Majesté en a aussy esté offensée, ainsy que le Roy Jacques me l'a tesmoigné en une de ses lettres. Aussy je m'empresse de rétracter ces expressions que je ne sçavois estre aussy blessantes, ignorant la valeur de certains mots françois ; et j'espère que Vostre Majesté voudra bien m'excuser en faveur de cette ignorance et de mon sincère repentir. Car je veux bien l'avouer à Vostre Majesté, je ne dois que des louanges à Pascal et je m'estime très-heureux d'avoir eu, alors que j'estois jeune encore, quelques relations avec luy et dont aujourd'huy je n'ay qu'à me féliciter.

Sire, sur ce, je prie Dieu vous donner en santé bonne et longue vie, et prie Vostre Majesté estre bien assurée que je suis, d'elle, le très-humble et très-obéissant serviteur.

ISAAC NEWTON.

MOLIÈRE

A Mgr le Prince de Conty.

Ce 25 aoust.

Monseigneur,

J'ay mis le Tasse au premier rang des autheurs italiens qui composèrent des pièces dramatiques. L'Aminte est son chef-d'œuvre au jugement de plusieurs et le Tasse le pensoit ainsy. Tous les Italiens se sont efforcés de l'imiter, quoyque le Guarini dans le *Pastor fido* et le Bonarelli dans la *Filli di Sciro* soient peut-estre les seuls qui en aient bien exprimé les principaux traits.

Cette pièce n'est pas néanmoins sans défauts. Elle pèche par trop d'esprit, si je puis parler ainsy : le poète se joue de son sujet et Térence auroit gardé plus de mesures, s'il avoit eu la mesme matière à traiter.

Quand à Machivael, il a mieux réussy dans sa Mandragore que dans sa Clitie. La première est une des meilleures comédie qui aient estés faites en Italie.

Sur ce, Monseigneur, je suis,

de Vostre Altesse,

le très humble et très obéissant serviteur,

J. B. P. Molière.

NOTE SUR LES FAC-SIMILÉS

Nous avons tiré des lettres conservées à la Bibliothèque Nationale quatre autographes caractéristiques dont nous donnons, en tout ou en partie, les fac-similés pour l'édification des paléographes.

Ce sont en regard des pages :

36, le *sauf-conduit signé par Vercingétorix* (transcription, p. 37) ;

38, le début de la *lettre de Marie-Madeleine au roi des Burgondes* (transcription, p. 39 ;

52, la fin d'une *lettre de Charlemagne à Alcuin* (transcription, p. 52) ;

60, un billet de *Jeanne d'Arc à ses compagnons d'armes* (transcription, p. 61).

TABLE

Abbeville. — Imprimerie F. PAILLART.

www.ingramcontent.com/pod-product-compliance
Lightning Source LLC
LaVergne TN
LVHW050844200726
843507LV00001B/419
9782329770093